# Manual do Professor

## de Escola Dominical

# Manual do Professor

## de Escola Dominical

*Didática aplicada à realidade do Ensino Cristão*

Marcos Tuler

CPAD

Preparação dos originais e Revisão: Miriam Anna Liborio
Capa, Projeto gráfico e Editoração: Rodrigo Sobral Fernandes

CDD: 268 – Educação Religiosa
ISBN: 85-263-0427-5

As citações bíblicas foram extraídas da versão Almeida Revista e Corrigida, Edição de 1995, da Sociedade Bíblica do Brasil, salvo indicação em contrário.

Para maiores informações sobre livros, revistas, periódicos e os últimos lançamentos da CPAD, visite nosso site: http://www.cpad.com.br

**Casa Publicadora das Assembléias de Deus**
Caixa Postal 331
20001-970, Rio de Janeiro, RJ, Brasil

14ª Impressão/2012 - Tiragem: 1000

## Dedicatória

À minha querida esposa Daisy, e aos nossos filhos, Caroline e Vinícius, companheiros de todas as horas, tesouros de Deus que enriquecem minha existência.

# Agradecimentos

Ao meu Supremo Criador e Senhor Jesus Cristo, por fazer-me digno de suas inefáveis misericórdias. A Ele toda a glória por toda a eternidade.

Aos meus pais, Antonio Alves Tuler e Almerinda Rosa de Mello Tuler, pelo apoio, carinho e estima que sempre me dedicaram.

Ao meu grande amigo e pastor, Elias Freitas da Silva, sempre presente nas alegrias e tristezas.

Ao Dr. Ronaldo Rodrigues de Souza, diretor executivo da CPAD, e ao pastor Claudionor Corrêa de Andrade, gerente de publicações da mesma editora, pelo apreço, estímulo e oportunidade de publicar meu primeiro esforço literário.

À minha querida igreja, Assembléia de Deus em Camboatá, Rio de Janeiro e, especialmente, às abnegadas irmãs do Círculo de Oração, que nunca deixaram de interceder por mim.

Aos meus mestres, Nels Lawrence Olson (in memoriam), Antonio Gilberto e Horácio da Silva Junior, pois souberam cativar-me com seus exemplos.

A todos os meus alunos, amigos e familiares, que contribuíram direta ou indiretamente para que esse sonho se tornasse realidade.

# Prefácio

Não é fácil encontrar um bom escritor. Há os que possuem estilo, mas são destituídos de assunto; há os que têm assunto, porém são incapazes de forjar um estilo. O verdadeiro escritor é aquele que, esmerando o conteúdo, não menospreza a forma. Nas Sagradas Escrituras, há um poeta que logrou harmonizar ambas as coisas; foi perfeito no conteúdo; e, na forma, sublime. Refere-se ele à arte que colocara incondicionalmente a serviço de Deus: "O meu coração ferve com palavras boas; falo do que tenho feito no tocante ao rei; a minha língua é a pena de um destro escritor" (Sl 45:1).

Marcos Tuler mostra haver conseguido este ideal. Através de um estilo claro, preciso e límpido, conduz o leitor a assimilar os conteúdos fundamentais da didática. Não suponha, porém, ser este livro apenas estilo e conteúdo; é também fruto de uma experiência larga e assinalada tanto no magistério cristão como no eclesiástico. É o professor que escreve; é o escritor que ensina.

Infelizmente, não são poucos os mestres que, embora conheçam a matéria, desconhecem seus discípulos por ignorar as ciências pedagógicas. Acham que o conhecimento é tudo; presumem que sua erudição cobrir-lhes-á as deficiências didáticas. Eles não sabem, por exemplo, que os grandes teólogos do Cristianismo foram antes de tudo mestres. Haja vista Martinho Lutero. A par de seu labor teológico, tinha ele uma imensa preocupação como pedagogo. Se por um lado, escreveu grandes tratados teológicos, por outro pôs-se a desenvolver um sistema educacional tão eficaz que não somente educou a Igreja de Cristo, como instruiu os estados alemães. O que teria acontecido se Lutero fosse tão-somente teólogo? Certamente, nem notícias teríamos de sua teologia, pois esta surgiu de sua preocupação magisterial.

John Dewey afirmou, certa vez, que toda filosofia é, em sua essência, uma filosofia da educação. Se toda filosofia é uma filosofia da educação, o que diremos da teologia? Em virtude de suas fontes e devido ao seu enfoque, ergue-se a teologia como a mais sublime forma de se educar o ser humano. Jesus Cristo não se limitou a proclamar a chegada do Reino de Deus; Ele mostrou, através de parábolas, símiles e comparações, como seria este Reino. Dessa forma, vieram as pessoas mais simples da Galiléia a descobrir que o Reino de Deus era semelhante ao grão de mostarda.

Não é tão simples descobrir a simplicidade; esconde-se esta nas coisas mais evidentes e comezinhas. Certamente você já ouviu a história da professora que se esforçava por mostrar aos alunos como funcionava a fotossíntese. De repente, irritada, pediu a um garoto que fechasse a janela da sala que, naquela manhã de verão, era inundada por um sol que lhe incidia sobre os olhos. Acontece que o sol incidia também sobre a planta que a mestra tinha sobre a mesa. E, assim, perderam aqueles alunos a oportunidade de aprender, na prática, o complexo conceito da fotossíntese.

Em tais circunstâncias, como reagiria o Mestre dos mestres? Antes dos conceitos, viria o Senhor com os exemplos: "Olhai os lírios do campo". Ele sabia que, naquele instante, não somente operava-se no lírio a "síntese de substâncias orgânicas mediante a fixação do gás carbônico do ar através da ação da radiação solar", como também os raios do Sol da Justiça ia transformando os corações de seus discípulos, transformando-os em pregadores e mestres do Evangelho.

Marcos Tuler, seguindo o exemplo do Mestre Divino, não fecha as janelas dos exemplos nem cerra as portas da didática. Ele deixa que os raios do sol incidam sobre os seus leitores, a fim de que neles se processe a fotossíntese do ensino.

Tenha este ***Manual do Professor de Escola Dominical*** sempre junto de si; permita que, a partir de agora, sua carreira magisterial seja revigorada pelos raios da experiência de quem vive para a Educação Cristã. No estilo do professor Tuler, você encontrará um conteúdo renovado e comprometido com o ensino da Palavra de Deus.

*Pr. Claudionor Corrêa de Andrade*

# Palavra Introdutória

Durante aproximadamente 12 anos, detive-me no extenuante e caprichoso labor da pesquisa no campo da Didática em todas as suas especificações. Após ler, reler, examinar e reexaminar não poucas obras do gênero, deparei-me com a já esperada unanimidade e, de certo modo, cumplicidade entre os mais conceituados teóricos da educação secular concernente à interpretação, ao direcionamento e aplicação desta disciplina. Trata-se da constatada e disseminada dificuldade de tornar a matéria um instrumento prático, objetivo e acessível a todos quantos labutam no magistério; quer iniciados, quer leigos, profissionais de início de carreira ou simples voluntários vocacionados.

Em relação à Educação Cristã, realizada sistemática e institucionalmente na Escola Dominical, a situação é ainda mais grave. A grande maioria dos professores da ED não é formada em cursos universitários e, muitos, sequer fizeram o Curso de

Formação de Professores. Estes normalmente são os autores dos seguintes questionamentos: Como tirar os conceitos pedagógicos dos livros didáticos e transformá-los em eficaz ação docente para o ministério de ensino na igreja? Como dinamizar uma teoria de modo a torná-la útil na resolução dos problemas de aprendizagem em minha classe? Como disponibilizar recursos e variar procedimentos? Como tornar a aula dinâmica, interessante e atraente? Como fazer um planejamento de ensino baseado na realidade dos alunos e da Escola Dominical da minha igreja?

O Manual do Professor de Escola Dominical tem por finalidade auxiliar os educadores cristãos a encontrarem as respostas destas e de outras questões relevantes na área do ensino.

Nossos professores precisam de soluções práticas e ferramentas ajustadas, prontas para o uso imediato.

*Marcos Tuler*

# Sumário

1 Capítulo

# A Relevância da Escola Dominical

## Sumário

Introdução

I. Relevante no cumprimento da Grande Comissão
II. Relevante na comunhão com Deus e os irmãos
III. Relevante na edificação dos crentes
IV. Relevante como principal agência de ensino

Conclusão
Questões para Reflexão

## Objetivos do Capítulo

✓ *Valorizar a Escola Dominical como a maior agência de ensino da igreja.*

✓ *Destacar a importância da Escola Dominical no cumprimento da Grande Comissão proclamada por Cristo.*

✓ *Caracterizar a Escola Dominical como um departamento essencial à igreja.*

# Capítulo 1

# A Relevância da Escola Dominical

> "A Escola Dominical não é uma parte da igreja; é a própria igreja ministrando ensino bíblico metódico."
>
> *Antonio Gilberto*

## Introdução

Que importância possui a Escola Dominical na estrutura geral da igreja? O que ela representa no contexto da Educação Cristã? Tem ela merecido o *status* de uma verdadeira instituição de ensino bíblico?

A Escola Dominical não é apenas um apêndice da estrutura geral da igreja ou simples departamento secundário. Ela se confunde com a própria essência da igreja. Pelo fato de a igreja estar intrinsecamente associada à educação cristã, a atividade da Escola Dominical como departamento principal de ensino não é opcional, é vital, à medida que incrementa e dinamiza todas as atividades e iniciativas educacionais e evangelísticas dos demais setores.

## I. Relevante no Cumprimento da Grande Comissão

A Escola Dominical é o único departamento da igreja que consegue conjugar os dois aspectos da "Grande Comissão" proclamada por Cristo antes de ascender aos céus: evangeliza enquanto ensina.

O cumprimento da Grande Comissão através da Escola Dominical se dá em quatro etapas:

### 1. Alcançar

A Escola Dominical é o instrumento que cada igreja possui para alcançar todas as faixas etárias. A despeito de suas várias funções educativas, a Escola Dominical tem por finalidade alcançar o maior número possível de pessoas com o estudo metódico e sistemático da Palavra de Deus. As mensagens pregadas no culto à noite, por mais retóricas e ungidas que sejam, não conseguem alcançar toda a audiência, pois esta, além de heterogênea, tem pouca ou nenhuma oportunidade de refletir, questionar e interiorizar o conteúdo recebido. No âmbito da Escola Dominical, qualquer mensagem, por mais complexa que seja, pode ser perfeitamente entendida por todos. Nesse ambiente peculiar, cujo objetivo específico é a aprendizagem, os conteúdos são passados de acordo com as características de cada ouvinte. Em outras palavras, leva-se em conta a linguagem, capacidade de assimilação e a experiência cristã de cada aluno.

Esse alcance geral só é possível porque, na Escola Dominical, os temas de estudo estão subordinados a um currículo previamente estabelecido, cadenciado e dosado de acordo com cada faixa etária.

### 2. Conquistar

No que se refere ao Reino de Deus, não é suficiente alcançar, é preciso conquistar. Muitos são alcançados pelo evangelho de Cristo, mas não permanecem em razão de não serem conquistados. Tais pessoas não foram convencidas da verdade. Somente na Escola Dominical há tempo e ambiente propícios para se efetivar essa conquista. A conversão se realiza de forma permanente através do ensino. Isto se dá mediante o testemunho e a exposição da Palavra de Deus: "...serão todos ensinados por Deus (...) todo aquele que do Pai ouviu e aprendeu vem a mim..." (Jo 6.45). A conversão é perene quando acontece por meio do ensino.

## 3. Ensinar

Até que ponto estamos realmente ensinando àqueles que temos conquistado? Há, infelizmente, os que acham que o ensino sistemático e metódico é contrário à espiritualidade. Para estes, o ensino deve ser ministrado da forma mais rudimentar possível. Segundo declarou o ilustríssimo professor e pastor Antonio Gilberto, "o ensino das doutrinas e verdades eternas da Bíblia, na Escola Dominical, deve ser pedagógico e metódico como numa escola, sem contudo deixar de ser profundamente espiritual". Isto significa que devemos ensinar a Palavra de Deus com seriedade e esmero, apropriando-nos dos mais eficazes recursos educacionais que estejam à nossa disposição: "...se é ensinar, haja dedicação no ensino" (Rm 12.7b).

## 4. Treinar

Poucas são as igrejas que possuem em sua organização um Departamento de Educação que privilegie os obreiros com a formação teológica mínima necessária para o desenvolvimento de seus ministérios. A Escola Dominical, através dos anos, vem suprindo magistralmente esta deficiência. Desde sua fundação, obreiros de todas as áreas têm sido treinados por esse abençoado Departamento. Como se costuma dizer, para tais obreiros a Escola Dominical representa um seminário teológico de currículo variado, flexível e permanente. Dwight L. Moody, o maior evangelista de todos os tempos, converteu-se e iniciou sua formação bíblica e teológica na Escola Dominical.

## II. Relevante na Comunhão com Deus e os Irmãos

Desde os primórdios, a igreja cristã persevera na doutrina e nas instruções dos apóstolos. No primeiro século não havia templos. As famílias se reuniam nas casas para orar, comungar e estudar a Palavra de Deus. Os crentes mais experientes ensinavam os neófitos basicamente de forma expositiva e em tom familiar (homilétike); explicando e interpretando os pontos mais difíceis das Escrituras de acordo com a orientação que recebiam dos apóstolos e diretamente do Espírito Santo. "E perseveravam na doutrina dos apóstolos, e na comunhão, e no partir do pão, e nas orações (...) Todos os que criam estavam juntos..." (At 2.42,44). Toda a comunidade cristã crescia em graça e conhecimento em função de permanecerem reunidos em torno da Palavra de Deus. Esta prática cotidiana, os estimulava à vida devocional e à comunhão entre os irmãos.

Observando as palavras do apóstolo Paulo em Efésios 4.13, "Até que todos cheguemos à unidade da fé e ao conhecimento do Filho de Deus...", concluímos que não pode haver crescimento espiritual fora do contexto da comunhão cristã. A Escola Dominical propicia um ambiente favorável ao inter-relacionamento dos crentes. Ela representa o "lar espiritual" onde, além do conhecimento da Palavra de Deus, compartilham-se idéias, princípios, verdades e aspirações.

## III. Relevante na Edificação dos Crentes

A Escola Dominical não cuida apenas da formação espiritual do crente. Ela se preocupa com sua edificação total, que inclui os bons costumes, o exercício da cidadania e a formação do caráter. Não bastasse sua natural relevância por tudo que já descrevemos, a Escola Dominical complementa e, às vezes, corrige a educação ministrada nas instituições seculares.

A grande maioria das famílias recebe pouca ou nenhuma instrução na Palavra de Deus, no lar, sob a liderança do seu chefe. Em função de a Bíblia perder seu lugar no seio da família, a igreja ficou com a grande responsabilidade de providenciar educação religiosa. Todo o impacto desta responsabilidade caiu sobre a Escola Dominical e seus oficiais. Além de aproximar pais e filhos na comunhão do corpo de Cristo, a Escola Dominical introduz crianças, adolescentes, jovens e adultos no conhecimento bíblico, afastando-os da ociosidade e das más companhias.

## IV. Relevante como Principal Agência de Ensino da Igreja

A Escola Dominical é a mais antiga e a mais arraigada organização na vida das igrejas. Todas as igrejas possuem a sua ED, e muitas possuem mais de uma (Há igrejas que realizam a ED em dois turnos ou em outros dias da semana). A quantidade de pessoas arroladas nas Escolas Dominicais costuma ser maior que o número de participantes de qualquer outro departamento. Ela funciona com regularidade todos os domingos sem sofrer as interrupções a que as outras organizações estão sujeitas. Ela é a principal agência de ensino da igreja em função da centralidade da Bíblia como única regra de fé e prática. As Escrituras têm sido o livro-texto da ED desde o lançamento das primeiras séries de lições até hoje. Isso não quer dizer que os outros setores da igreja não ensinem a Bíblia. A instrução bíblica é também ministrada do púlpito, nas reuniões de oração e nos programas dos demais departamentos. A Escola Dominical, porém, é a maior e principal agência cristã, responsável pela instrução do povo de Deus nas Sagradas Escrituras.

## Conclusão

Muitas igrejas não valorizam a Escola Dominical com a mesma ênfase do passado. Infelizmente, não mais a vêm como principal promotora da educação bíblico-cristã. Tais igrejas têm permitido que modismos, relacionados principalmente ao entretenimento e à descontração, tomem o lugar do genuíno estudo sistemático e metódico das Escrituras. O que estará acontecendo? Terá a ED esgotado suas potencialidades educativas em relação ao povo de Deus? O ensino bíblico na igreja já não é mais prioritário? Como poderão crescer plenamente essas igrejas sem estar fundamentadas na Palavra de Deus? E que outra instituição concretizará melhor tão nobres propósitos?

## *Questões para Reflexão*

*1. A Escola Dominical em sua igreja cumpre suas principais finalidades?*

*2. Em que sentido a Escola Dominical cumpre a Grande Comissão?*

*3. De que modo a Escola Dominical de hoje deve assemelhar-se às reuniões de ensino praticadas na Igreja Primitiva?*

*4. Por que a Escola Dominical assume maior responsabilidade na educação bíblico-cristã de nossas crianças, adolescentes e jovens?*

*5. Por que a Escola Dominical é considerada a maior agência de ensino da igreja?*

# 2 Capítulo

# Como Melhorar a Escola Dominical

## Sumário

Introdução

I. Através de uma eficiente administração
II. Através de um plano de crescimento
III. Através da adoção de métodos criativos
IV. Através do irrestrito apoio do pastor

Conclusão
Questões para Reflexão

## Objetivos do Capítulo

✓ *Identificar os principais meios de crescimento da Escola Dominical.*

✓ *Incentivar os líderes da ED a conquistar o padrão de excelência do ensino na igreja.*

Capítulo

# 2

# Como Melhorar a Escola Dominical

> "A Escola Dominical crescerá enquanto houver espaço para as classes."
>
> *Antonio Gilberto*

## Introdução

O principal objetivo de todos os que amam e se esmeram no laborioso ministério de ensino na igreja é que suas escolas dominicais cresçam e se desenvolvam em todos os âmbitos, aspectos e sentidos. Porém, para que esse objetivo seja de fato alcançado é imprescindível que se faça um sério e eficiente planejamento. Nenhuma Escola Dominical crescerá de verdade sem um cuidadoso e detalhado plano de ação e expansão.

Nesse afã, muitos questionamentos deverão ser feitos pelos líderes da Escola Dominical: O que fazer para criar novos departamentos e/ou ampliar os já existentes? O que fazer para desdobrar as classes, tornando-as interessantes e participativas? Como arranjar espaços adequados para as salas de aula? Como redimensionar os espaços existentes? Como administrar os recursos financeiros, técnicos e humanos em benefício da Escola Dominical? Enfim, como melhorar a Escola Dominical?

# I. Através de uma Eficiente Administração

## 1. A administração eficiente exige organização.

Segundo Henri Dutton, "organização é a arte de empregar eficientemente todos os recursos disponíveis a fim de alcançar determinado objetivo." Quando falamos em organização, logo nos vem à mente palavras como conformação, ordem, método, estrutura, planejamento e preparo. Nada funciona satisfatoriamente sem organização e método. Se delinearmos claramente as etapas do nosso trabalho, seja ele qual for, o desempenho em termos de esforço e tempo para realizá-lo será excelente. Se não planejarmos desde cedo nossa vida familiar, profissional e ministerial, certamente teremos sérios problemas no futuro. Se não fizermos um criterioso orçamento das despesas domésticas, nosso salário nunca será suficiente para pagar as contas e suprir as necessidades do mês. Há pessoas que querem realizar a obra de Deus de qualquer maneira, mas não é isso que nos ensina a Palavra de Deus.

*a) Deus é um ser organizado e exige que seus filhos também o sejam.* Ele arquitetou a criação e, nossa redenção foi planejada antes da fundação do mundo. Quem não se admira da perfeita disposição das tribos de Israel no deserto. E o Tabernáculo? Quem poderia imaginar tamanha ordem e riqueza de detalhes? A organização divina permeia todo o universo. Segundo o pastor Antonio Gilberto em seu Manual da Escola Dominical, "temos base para crer que o céu é um lugar de perfeita ordem. Leis preciosas e infalíveis regulam e controlam toda a natureza, desde o minúsculo átomo até os maiores corpos celestes." E nós, na condição de filhos de Deus, não devemos imitá-lo?

Para que a Escola Dominical cresça e funcione a contento, é necessário e urgente que haja o mínimo de estrutura.

A organização na Escola Dominical deverá estar presente em cada fase do trabalho educativo: no planejamento, na execução do plano, e na avaliação dos resultados.

## 2. O que deve ser organizado?

A organização da Escola Dominical envolve dedicação e muito investimento. Observe abaixo alguns itens estruturais:

– Eleição de uma diretoria
– Seleção do corpo docente
– Criação de departamentos
– Divisão de classes
– Classe de formação de professores
– Determinação do currículo
– Instalações e equipamentos adequados
– Mobiliário apropriado
– Cronograma anual de reuniões
– Material didático-pedagógico
– Programa de atividades extracurriculares
– Programa de treinamento e reciclagem para professores
– Programa de visitação
– Programa de expansão
– Instalação de Biblioteca

## 3. Como deve ser a organização

A organização da Escola Dominical deve ser simples e funcional, de acordo com a realidade de cada igreja. Não adianta, por exemplo, planejar a utilização de recursos tecnológicos avançados se a igreja não tem condições sequer de reunir os alunos em uma sala de aula. Nesse caso, em vez de trazer benefícios, o planejamento fora da realidade causará enorme frustração.

## 4. Razões para a organização

*a) Dividir e fixar responsabilidades.*

Em uma Escola Dominical bem estruturada, do porteiro ao superintendente, todos sabem o que fazer e ninguém interfere no trabalho do outro.

*b) Esclarecer os limites do trabalho a ser realizado.*

Em uma Escola Dominical planejada, ninguém assume a função para a qual não esteja plenamente qualificado. Os componentes do Departamento estão conscientes de suas responsabilidades e, em função disso, não ultrapassam os limites de suas atribuições. Imagine se um obreiro do setor administrativo, com pouca ou nenhuma experiência docente, tiver de atender uma classe na ausência do professor titular? Em Educação cristã, a possibilidade de "tapar buraco" deverá ser nula.

*c) Atender às necessidades das pessoas envolvidas.*

Havendo distribuição de tarefas e responsabilidades, todos os participantes da Escola Dominical serão melhor atendidos em suas necessidades.

*d) Garantir resultados satisfatórios.*

A garantia de resultados satisfatórios está intrinsecamente ligada à determinação dos objetivos. O que se espera alcançar? Em quanto tempo? Que tipo de esforços serão engendrados com esta finalidade? O que se espera que os alunos da Escola Dominical saibam, sintam e façam? O planejamento garante a consecução dos projetos. Observe o exemplo bíblico abaixo:

| | |
|---|---|
| **Projeto:** | Reconstruir o Muro de Jerusalém |
| **Meta:** | Reconstruir o muro em 52 dias (Ne 2.17 e 6.15). |
| **Etapas:** | 1. Consulta a Deus (Ne 1.4). |
| | 2. Pedir permissão ao rei (Ne 2.5). |
| | 3. Levantamento de recursos (Ne 2.8). |
| **Orçamento:** | a) Recursos materiais (Ne 2.8 e 4.3). |
| | b) Recursos humanos (Ne 3). |

**Execução/Implantação** (Ne 3).

**Avaliação/Controle** (Ne 6.6).

## II. Através de um Plano de Crescimento

Certa ocasião, ouvi uma entusiasmada declaração de um superintendente: "Estou satisfeito com a Escola Dominical de minha igreja. Lá, há poucos alunos, mas... de excelente qualidade: são inteligentes, disciplinados e raramente faltam às aulas." Esta declaração seria positiva não fosse um pequeno detalhe: aquele superintendente priorizava a qualidade em detrimento da quantidade. Ter alunos interessados e participativos é o desejo de todos os que labutam no ministério do ensino, mas o ideal é que a Escola Dominical cresça em ambos os sentidos. A experiência nos mostra que as escolas que estão sempre crescendo numericamente, geralmente são as que mais se preocupam com a melhoria da qualidade do ensino. Há algumas décadas, era comum o número de matriculados na Escola Dominical ser superior ao de membros da igreja. O que podemos dizer de nossas escolas dominicais atualmente? Temos crescido em quantidade?

Quais os passos necessários para que a Escola Dominical cresça em qualidade e numericamente?

## 1. Localizar a população alvo

Os líderes ou dirigentes da Escola Dominical precisam saber quem são e onde se encontram os alunos em potencial. Eis algumas preciosas fontes:

*a) O rol de novos convertidos.*

Os novos convertidos são como crianças recém-nascidas e precisam ser recepcionados e identificados imediatamente após a conversão. A maioria das igrejas costuma arrolá-los na condição de congregados, mediante uma "ficha de identificação". Nesta ficha, encontram-se informações suficientes para a localização, sondagem e conhecimento dos possíveis novos alunos da Escola Dominical. Esse trabalho é extremamente importante, necessário e urgente. Muitos se convertem e não retornam mais à igreja. Precisamos buscá-los e incluí-los na classe de Discipulado.

*b) Relação de visitantes na escola e nos cultos da igreja.*

Nossas igrejas estão sempre cheias de visitantes: crentes e não crentes. São pessoas que, por diversas razões, não são membros de nenhuma igreja. Geralmente estão ávidas a matricularem-se na Escola Dominical. Aproveite a oportunidade e convide-as.

*c) O rol de membros da igreja.*

O rol de membros é uma fonte quase inesgotável. O ideal é que todos os membros da igreja fossem matriculados na Escola Dominical. Isto deveria ser uma coisa comum! Como já dissemos, o número de alunos na Escola Dominical deveria ser maior que o de crentes no rol de membros da igreja. Recentemente a Casa Publicadora das Assembléias de Deus publicou e distribuiu gratuitamente um livrete intitulado "Todos na Escola Dominical – Cada Crente um Aluno." Este trabalho, que traz em seu bojo várias idéias sobre como promover a Escola Dominical, teve por finalidade uma mobilização nacional a fim de que todos os crentes sejam matriculados na maior e melhor escola do mundo.

*d) A comunidade ao redor da igreja.*

Faça um recenseamento. Já que o departamento crescerá, seus administradores deverão pensar em que direção ele irá crescer. Faça uma visita às famílias e convide-as para visitar a Escola Dominical. Organize uma classe para não crentes. O famoso evangelista Dwight L. Moody converteu-se em função das aulas que recebia do Rev. Edward Kimbal em uma classe de evangelização na Escola Dominical.

## 2. Promover uma campanha contínua de matrículas

A matrícula está intrinsecamente ligada à presença real dos alunos na Escola Dominical. À medida que a matrícula cresce, cresce também a assiduidade de modo que, para dobrar a freqüência, é necessário dobrar a matrícula. Geralmente, o número de alunos que freqüentam assiduamente as classes, corresponde à metade do número de alunos matriculados. Isto significa que: Se, determinada Escola Dominical matricular 200 alunos, provavelmente 100 serão assíduos. Se o número de matriculados aumentar para 300, o de presentes chegará a 150.

*a) Que plano de matrícula a Escola Dominical deve usar?*

Há planos que são contrários ao crescimento. Observe abaixo algumas atitudes negativas em relação à matrícula.

- Algumas Escolas exigem que o novo aluno assista a certa quantidade de aulas seguidas antes de matriculá-lo em alguma classe.
- Certas Escolas desligam qualquer pessoa matriculada que não assista às aulas com regularidade.

Estas atitudes são extremamente negativas para o crescimento da ED.

*b) Quais motivos poderiam justificar o desligamento de alunos da Escola Dominical?*

Podem ser considerados como justos os motivos de morte, transferência para outra igreja, mudança de endereço que impossibilite a assistência às aulas ou um pedido insistente da parte do próprio aluno.

*c) Quando se deve matricular um novo aluno?*

Imediatamente, se for esse o desejo dele. Não se deve criar obstáculos para a efetivação de nenhuma matrícula.

## 3. Elaborar um programa de visitação

A visitação tem por objetivo encorajar os alunos ausentes e reintegrá-los à Escola Dominical e à vida cristã. Cada classe deverá ter sua própria comissão.

Todo Domingo, cada classe deve preparar uma lista de alunos ausentes e determinar quem do grupo os visitará durante a semana.

## 4. Ampliar as estruturas

*a) Criar novos departamentos e novas classes.*

Há professores que não querem dividir suas classes, preferindo mantê-las enormes por pura vaidade. Isto atrapalha o crescimento.

Nesse caso é necessário dividir para multiplicar. O ideal é que cada classe tenha entre 15 e 30 alunos, de acordo com a faixa etária. Segundo o pastor Antonio Gilberto, as classes de Intermediários deverão ter no máximo 15 alunos; as de Secundários em diante 30 alunos. O ideal são 25 alunos matriculados por classe, pois para efeito de ensino, quanto menor for o grupo, melhor.

*b) Providenciar espaço adequado.*

Não adianta matricular novos alunos e formar novas classes se não existe espaço. Este é um dos principais problemas que explicam o pouco crescimento na maioria das Escolas Dominicais.

*c) Redimensionar o espaço disponível.*

Um estudo criterioso apontará o espaço ocioso ou mal utilizado em sua igreja. Quem sabe aquele quarto reservado aos entulhos e velharias não daria uma excelente sala de aula para a classe do maternal?

*d) Aproveitar o espaço existente nas casas próximas à igreja.*

Muitos abnegados irmãos moram próximo à igreja e, provavelmente, não se importariam em ceder algum espaço de suas casas para a instalação da Escola Dominical.

*e) Utilizar a estrutura das escolas particulares e públicas.*

Geralmente essas escolas não funcionam aos domingos. Estabeleça um contato com a prefeitura e solicite a utilização desses espaços.

*f) Realizar a Escola Dominical em dois turnos.*

Em algumas igrejas, as escolas dominicais funcionam em dois turnos, uma pela manhã e outra à tarde. As escolas seculares trabalham assim, porque não a igreja?

*g) Construir mais.*

Igrejas que disponibilizam espaço suficiente para o bom funcionamento de suas escolas dominicais têm espaço para todas as suas necessidades. Uma vez que os trabalhos na Escola Dominical são realizados somente aos domingos, suas instalações estarão disponíveis para os demais departamentos durante toda a semana.

## III. Através da Adoção de Métodos Criativos

A Escola Dominical tende a esvaziar-se à medida que os alunos percebem que as aulas são improdutivas, monótonas e desinteressantes. Adotar e variar métodos criativos é o único meio de dirimir a questão da evasão. Entretanto, é extremamente importante que o corpo docente saiba utilizar eficientemente tais métodos.

Não devemos tornar nossos métodos tão rígidos a ponto de não admitirmos meios de comunicação mais práticos e flexíveis. Por exemplo, o método de preleção ou exposição, embora muito criticado, é o preferido, principalmente pelos professores de adultos. Neste método, o professor fala o tempo todo e às vezes responde a poucas perguntas. Dentre as desvantagens do uso exclusivo deste método, destacam-se duas: A primeira delas é a preleção que "centraliza o ensino na figura do professor, exigindo pouco ou nenhum preparo da lição por parte dos alunos". A segunda, é que este método, de acordo com Antonio Tadeu Aires, em seu livro "Como Tornar o Ensino Eficaz", CPAD, "não permite que o professor dê atenção especial a todos os alunos, obrigando-o, em alguns casos, a nivelar a aula, por mera suposição."

É necessário diversificar os métodos e adequá-los eficientemente às novas circunstâncias, ou seja, mudar a maneira de comunicar uma verdade sem alterá-la.

Um dos maiores problemas do ensino nas escolas dominicais, atualmente, independente de faixa etária, é a inadequação dos métodos de ensino. Os métodos (quando são usados) são escolhidos sem objetivar o aluno e sua transformação de vida.

O professor deve ser criterioso ao escolher o método que irá usar em sua classe. Cada situação específica requer um método apropriado. Devem ser avaliadas todas as vantagens e desvantagens antes de aplicá-lo. (Este tópico será reafirmado e ampliado no capítulo 6.)

Dentre os métodos e técnicas didáticas mais aplicáveis à realidade do ensino na Escola Dominical, podem ser destacados os seguintes: debates, painéis, dinâmicas, discussão em grupo, perguntas e respostas e dramatização. Estes e outros procedimentos de ensino serão expostos mais detalhadamente em capítulos posteriores.

## IV. Através do Apoio Irrestrito do Pastor

### 1. Comparecendo

Conforme enfatizou o pastor Antonio Gilberto no *Manual da Escola Dominical*, o pastor da igreja "é o principal responsável pela Escola Dominical mediante sua atenção e ação. Sua simples presença na Escola Dominical é um prestígio para a mesma".

### 2. Participando

Se a presença em si já é importante, que dirá a participação ativa nas atividades do departamento.

### 3. Estimulando

Como líder, o pastor assume a preponderante função de influenciar seus liderados. Sua palavra tem peso suficiente para decidir e promover uma ação produtiva. Se ele disser de púlpito que estudar a Bíblia é importante, todos se voltarão para esta finalidade.

## 4. Incentivando seus auxiliares, ministério e líderes de departamento

É inadmissível que evangelistas, presbíteros, diáconos e outros obreiros auxiliares do ministério não estejam plenamente engajados no processo de ensino da igreja. Se os líderes não valorizarem a Escola Dominical, que exemplo ficará para os liderados?

## 5. Investindo na Escola Dominical

*a) Recursos financeiros.*

Deve a igreja destinar uma verba regular a fim de que a Escola Dominical possa funcionar sem atropelos e improvisações.

*b) Recursos humanos.*

Compreende a reciclagem periódica do superintendente e professores.

*c) Recursos Técnicos.*

Aquisição de material didático, mobília adequada e salas pedagogicamente planejadas. Observe abaixo alguns comportamentos negativos que não devem ser copiados pelos líderes que priorizam o ensino na igreja:

- Permitir atividades paralelas durante o funcionamento da Escola Dominical (Atividades administrativas, tesouraria, serviço de som, afinação de instrumentos musicais, aconselhamento pastoral etc.)

- Não investir, ou investir insuficientemente na área de educação. A principal parcela do orçamento da igreja sempre é dirigida a outras áreas em detrimento da educacional.

## Conclusão

Todo o trabalho da Escola Dominical deve passar por uma avaliação periódica. Deve-se objetivar o padrão de excelência. Como buscar esse padrão de excelência? Comparando o presente progresso (os resultados) com os alvos e objetivos previstos. A partir daí, você vai descobrir a possibilidade de melhorar e aperfeiçoar seu planejamento.

### Questões para Reflexão

*1. Como está estruturada a Escola Dominical em sua igreja? Há sala de aula disponível para todas as classes? A mobília e as instalações são apropriadas?*

*2. A quantidade de alunos em cada classe está dentro dos padrões ideais?*

*3. Sua Escola Dominical tem crescido numericamente? O que você tem feito neste sentido?*

*4. Sua Escola Dominical não está crescendo? Quais as causas desse insucesso?*

*5. Sua Escola Dominical está minguando? O que está acontecendo? Quais as causas da constante evasão?*

*6. Sua Escola Dominical possui um plano de matrículas? Você já havia pensado nisso antes?*

*7. De que forma o pastor de sua igreja vem apoiando a Escola Dominical?*

# 3 Capítulo

# O Professor e sua Vocação

**Sumário**

Introdução

I. Como identificar um autêntico candidato ao Magistério Cristão
II. Como se manifesta a vocação natural para o Magistério
III. Requisitos fundamentais para a pré-qualificação do professor

Conclusão
Questões para Reflexão

## Objetivos do Capítulo

✓ *Conscientizar líderes e professores da Escola Dominical acerca de suas responsabilidades como promotores do ensino cristão.*

✓ *Sugerir diretrizes e estabelecer critérios que justifiquem a escolha dos professores ideais para atuarem na Escola Dominical.*

# Capítulo 3

# O Professor e sua Vocação

> "Cada um fique na vocação em que foi chamado."
>
> *Apóstolo Paulo*

## Introdução

Recentemente, quando ministrava um seminário sobre "vocação para o ensino", ouvi dizer que em algumas igrejas, os novos professores são recrutados mediante o grau de parentesco e amizade em relação aos seus líderes e, às vezes, simplesmente por consideração ao tempo que o candidato oferece préstimos à igreja. Na ocasião, não podendo conter-me diante de declaração tão infeliz, pus-me, sem nenhum constrangimento, a questionar se aqueles caríssimos seminaristas conheciam critérios mais ordinários. Pasmem os diletos leitores! Sem dó, eles despejaram uma lista que não vale a pena comentar.

Em setembro de 2000, por ocasião do II Congresso de Escola Dominical, realizado no Riocentro/RJ, a Casa Publicadora das Assembléias de Deus, líder no mercado editorial evangélico brasileiro, divulgou no último dia de conferências o resultado do primeiro Censo Nacional da Escola Dominical idealizado pela mesma.

Fiquei realmente perplexo com o resultado do tópico "requisitos exigidos para o ingresso dos professores nas Escolas Dominicais".

A referida pesquisa teve por principal objetivo, segundo os organizadores, transformar as informações obtidas pelos líderes e superintendentes "assembleianos" de todo o país em projetos de adequação e melhoria da educação cristã na igreja, via Escola Dominical.

O levantamento solicitava que os líderes e superintendentes marcassem os requisitos exigidos para o ingresso dos professores em suas escolas dominicais. Dos seis requisitos apresentados apenas dois poderiam ser assinalados. As opções eram as seguintes: a)ter cursado o CAPED (Curso de Aperfeiçoamento de Professores da Escola Dominical); b) ter formação pedagógica; c) ter formação teológica; d) ter desejo de dar aula; e) ter feito curso específico para lecionar na faixa etária desejada; f) ser crente maduro e espiritual.

Por incrível que pareça, cerca de 70% dos superintendentes responderam que, em suas escolas dominicais, os principais requisitos para lecionar são simplesmente ter desejo de dar aula e ser um crente maduro e espiritual. Ora, é evidente que essas condições são extremamente importantes para qualificar o professor ideal, todavia, não se pode, em hipótese alguma, desprezar o preparo acadêmico e as qualificações intelectuais.

## I. Como Identificar um Autêntico Candidato ao Magistério Cristão

Como pudemos verificar, a pesquisa mencionada acima revela, infelizmente, um dos desditosos motivos da constante evasão e descrédito da Educação Cristã em algumas escolas dominicais: a falta de critérios autênticos na escolha dos professores.

A igreja que pensa na educação cristã relevante deverá destinar regularmente à Escola Dominical uma verba de seu orçamento a fim de que ela funcione plenamente e a contento. Deverá ainda providenciar materiais didáticos, mobílias e salas pedagogicamente planejadas. Isso é imprescindível! Mas, e quanto aos recursos humanos? A igreja sabe predispô-los, gerenciá-los? É justamente nesse ponto que a maioria dos líderes, superintendentes e dirigentes de escolas dominicais têm problemas importantes. A maior dificuldade, por incrível que pareça, reside na indisponibilidade dos recursos humanos ou na imperícia e insensibilidade para lidar com eles. Ou seja, não são tarefas fáceis, reciclar professores veteranos, ou recrutar e formar os novos para o magistério na Escola Dominical. Geralmente tal complexidade passa pelas seguintes questões: De que maneira os superintendentes alistam e selecionam os professores? Quais critérios utilizam?

Por estas e outras razões, tentarei, a partir de agora, sugerir algumas diretrizes e estabelecer critérios que justifiquem a escolha dos professores ideais para atuarem na Escola Dominical. Eles deverão ser escolhidos com base na vocação, aptidões específicas e na chamada divina para o magistério cristão.

## II. Como se Manifesta a Vocação Natural para o Magistério

Todas as vezes que preciso explicar o significado da palavra "vocação" me vêm à lembrança os tempos da minha infância. Naquela época as crianças inventavam seus próprios meios de divertimento. A criatividade fluía livre e docemente. Os brinquedos de fábrica, ainda sem o *glamour* da alta tecnologia, eram demasiadamente caros. Não nos restava outra opção senão inventar nossos próprios carrinhos, piões, pipas, cabanas; e as meninas, suas bonecas de pano, massinha ou papel. Criávamos nossos próprios entretenimentos e alguns, naturalmente, traziam em seu cerne uma forte tendência à futura vocação profissional.

Quando me refiro a esse assunto, viajo celeremente através dos meus pensamentos ao longínquo e inesquecível passado. Ouço nitidamente os brados de minha mãe em sua enésima reclamação: "Menino, você rabiscou todo o meu guarda-roupa!"

Caro leitor, preciso contar-lhe os detalhes desse episódio.

Quando criança costumava reunir meus irmãos e colegas em minha casa para brincar de escola. Eu era o professor. Como não havia quadro-de-giz, a única alternativa era utilizar as portas do guarda-roupa de minha mãe. O giz? O giz também era improvisado. Residíamos próximo a um gesseiro que nos cedia gentilmente alguns "pitocos" de gesso endurecido para brincarmos de escola. Era um "quase perfeito" pedaço de giz.

Lá estavam meus primeiros alunos, assentados no chão daquele pequeno quarto, estudando, não me lembro bem o que, e escrevendo, por horas a fio, seus indecifráveis garranchos em pedaços de papel de pão.

Creio que este singelo relato nos sirva de fundo para entendermos o significado de vocação. Porém, para clarificar um pouco mais, darei algumas definições técnicas do termo.

## 1. A vocação floresce no próprio cerne da personalidade

A palavra vocação provém do latim *vocatione* e significa chamamento, tendência, disposição, aptidão, talento natural, inclinação. Segundo o catedrático em didática, professor Luiz Alves de Mattos, "vocação é a propensão fundamental do espírito, sua inclinação geral predominante para um determinado tipo de vida e de atividade, no qual se encontra plena satisfação e melhores possibilidades de auto-realização". Em outras palavras, é a tendência natural para a realização de determinada atividade de modo excelente.

Em relação ao magistério, a vocação revela-se como um conjunto de predisposições; preferências afetivas, atitudes e ideais de cultura e de sociabilidade. Os professores vocacionados são facilmente identificados, pois, sem nenhum esforço, revelam suas várias habilidades, principalmente no que diz respeito ao relacionamento com seus semelhantes.

Há quatro características que podem ajudar a identificação de um professor vocacionado:

### *A. Sociabilidade*

A educação e o ensino são fenômenos de interação psicológica e social, por isso, exigem comunicabilidade e dedicação à pessoa dos educandos e aos seus problemas. Jesus, Mestre por excelência, nos deu o maior exemplo de sociabilidade. Mesmo sofrendo ferrenhas críticas dos fariseus e, às vezes, dos seus discípulos, nunca deixou de interessar-se pelos problemas e padecimentos dos homens de sua época. Ele estava sempre em contato com as massas e indivíduos.

O interesse genuíno pelas pessoas e o desejo de servi-las e ajudá-las são, sem dúvida, elementos essenciais à qualificação de um professor.

*B. Temperamento*

"Pessoas de temperamentos egocêntricos, fechadas, incapazes de abrir e manter contatos sociais comuns com certo calor e entusiasmo, não estão talhadas para a função do magistério". (Sumário de Didática Geral)

O professor deve entusiasmar-se com seu trabalho de modo que contagie positivamente seus alunos.

*C. Amor paedagogicus*

Diz respeito ao amor sincero à pessoa do educando demonstrado pela simpatia, interesse natural e desejo de auxiliá-lo em seus problemas e anseios. O autêntico professor importa-se mais com a pessoa do aluno que com a frieza do conteúdo e currículo. Ninguém se importa pelo que temos a comunicar, a não ser que perceba que nosso interesse está centrado nele pessoalmente.

A prática docente nos mostra que a escolha de um professor favorito baseia-se num relacionamento pessoal e não na simples capacidade para ensinar. Os alunos facilmente se lembram dos professores que mostraram interesse especial e cuidaram deles, antes de se lembrarem daqueles que tinham bons dotes de oratória e apurada técnica. Lembra-se o estimado leitor de algum mestre especial em seus primeiros ciclos de estudo? Que motivo o faz recordar-se dele?

*D. Apreço e interesse pelos valores da inteligência e da cultura*

O professor vocacionado para o magistério é, naturalmente, um estudioso, um leitor assíduo, com sede de novos conhecimentos, capaz de entusiasmar-se pelo progresso da ciência e da cultura.

## III. Requisitos Fundamentais para a Pré-qualificação do Professor

Segundo o professor William Burton, "o ensino não é coisa fácil; não pode ser feito com qualquer margem de sucesso por indivíduos indiferentes, mal informados e sem habilitação, portadores de uma personalidade inexpressiva e de limitada experiência vital. O ensino exige amplo conhecimento e sutil perspicácia, aptidões definidas e uma personalidade que se caracterize por sua estabilidade, firmeza e dinamismo.

O trabalho de ensinar é bem mais complexo do que qualquer outra atividade profissional. Na verdade, para ser executado com perfeição, é, dentre todas as atividades humanas, uma das mais difíceis".

Há pessoas que demonstram autêntica vocação para o magistério, mas não reúnem as aptidões específicas necessárias para esse mister.

### 1. Que são aptidões específicas?

As aptidões são atributos ou qualidades pessoais que exprimem certa disposição natural ou potencial para um determinado tipo de atividade ou de trabalho. São atributos específicos da personalidade que geralmente completam o quadro com a vocação e que, quando cultivadas, asseguram a capacidade profissional do indivíduo.

As aptidões específicas tendem a se agrupar em consonância com a vocação; mas, nem sempre. Não raro, apresentam-se indivíduos com uma determinada vocação bem acentuada, mas destituídos das aptidões essenciais que a deveriam complementar. É comum este tipo de comentário: "ele tem muita vontade e gosto, mas não tem jeito, não dá para isso", é a expressão que o povo usa para designar essas carências.

Para o exercício do magistério, o professor Luiz Alves de Mattos considera as aptidões relacionadas abaixo imprescindíveis.

Antes de apreciá-las no âmbito do magistério cristão, é importante levarmos em conta que, apesar de tais aptidões caracterizarem o professor "ideal", isto não significa que todos os mestres, para serem considerados idôneos e úteis para a função, devam ter obrigatoriamente todas estas aptidões.

*a) Saúde e equilíbrio mental.*

Como desempenharia satisfatoriamente suas funções professorais, alguém com a saúde comprometida, uma vez que o educador utiliza-se de todos os sentidos físicos no exercício docente? Que tipo de ensino daria um professor desestruturado mentalmente? Estaria ele apto para ensinar as doutrinas e os princípios bíblicos às nossas crianças e adolescentes? Confiaríamos a ele a cátedra do ensino cristão?

*b) Boa apresentação.*

Embora alguns não dêem importância, a boa apresentação do professor é fundamental para a assimilação do conteúdo de ensino. Como cativar a atenção de um aluno que não consegue deixar de reparar a negligente aparência de seu professor? Roupas amarrotadas, gravatas tortas, cabelos despenteados, unhas sujas e compridas, maus odores e outros desleixamentos costumam chamar mais a atenção que qualquer assunto intrigante ou interessante.

*c) Órgãos de fonação, visão e audição em boas condições.*

Não estamos querendo afirmar que o professor que tenha problemas visuais, fonéticos ou auditivos não possa lecionar na Escola Dominical. Conhecemos pessoalmente professores brilhantes que possuem tais deficiências. Entretanto, é óbvio que o mestre, portador dessas carências, terá maior dificuldade no desempenho de suas funções.

*d) Boa voz: firme, agradável, convincente.*

A voz do educador deve expressar sua convicção sobre tudo o que ensina. O professor que fala demasiadamente baixo, vacilante e "pelos cantos da boca" via de regra está inseguro acerca do que sabe. Isto logo será percebido por seus alunos.

*e) Linguagem fluente, clara e simples.*

A educadora Graziella Zóboli em seu livro *Práticas de Ensino* sugere os seguintes cuidados com a linguagem:

- O tom de voz do professor deve ser igual ao da conversa e a forma de expressão deve ser o diálogo.
- A voz deve ser inflexionada num tom alto, mas suave, ou seja, não gritado.
- A linguagem didática deve ser acessível aos alunos, ou seja, deve ser adequada ao seu nível cultural, ajustando-se à capacidade de compreensão dos alunos para ajudá-los a compreender o significado dos fatos que estão sendo comunicados.
- A linguagem deve ser simples: não há necessidade de se usar frases rebuscadas.
- Deve ser direta, ou seja, ir diretamente ao assunto que está sendo tratado.
- Linguagem gramaticalmente correta. Não se deve falar errado.
- Deve-se ter cuidado com os termos ou expressões, evitando o uso de gíria e palavras vulgares.
- A linguagem deve ser expressiva, usar o bom humor.
- Nas passagens mais difíceis ou mais importantes, o professor deve dar inflexão mais vigorosa à voz e ressaltá-las, sendo recomendável escrevê-las na lousa.

*f) Confiança em si mesmo e presença de espírito, com perfeito controle emocional.*

*g) Naturalidade e desembaraço.*

*h) Firmeza e perseverança.*

*i) Imaginação, iniciativa e liderança.*

*j) Habilidade de criar e manter boas relações humanas com seus alunos.*

## Conclusão

O professor vocacionado para o magistério cristão é aquele que exerce suas funções por prazer e contentamento, nunca por obrigação. A esse trabalho, independente das circunstâncias que o cercam, dedica com denodo, zelo e resignação toda a sua vida. Ele reconhece que seu ministério é um sacerdócio santo, preparado e ungido especialmente pelo Senhor. Em hipótese alguma o renega, jamais o renuncia.

## Questões para Reflexão

1. *Em que deve basear-se a escolha dos professores da Escola Dominical?*

2. *Você é um professor vocacionado? Quais das aptidões mencionadas neste capítulo você possui?*

3. *Quais critérios utiliza o superintendente ou pastor da sua igreja quando seleciona os professores da ED?*

4. *Lembra-se de algum professor que tenha marcado sua vida estudantil? Quais eram suas principais características?*

5. *Sua igreja possui um programa de reciclagem para professores?*

# 4 Capítulo

# O Professor e sua Qualificação

**Sumário**

Introdução

I. Qualificações espirituais
II. Qualificações intelectuais

Conclusão
Questões para Reflexão

## Objetivos do Capítulo

✓ *Conscientizar o professor acerca das qualificações necessárias ao magistério cristão.*

✓ *Conduzir o mestre à reflexão quanto ao seu preparo e engajamento no ministério de ensino.*

# Capítulo 4

# O Professor e sua Qualificação

> "Procura apresentar-te a Deus aprovado, como obreiro que não tem de que se envergonhar, que maneja bem a palavra da verdade."
>
> *Apóstolo Paulo*

## Introdução

Além de ser vocacionado e dispor das aptidões naturais descritas no capítulo anterior, o professor da Escola Dominical deverá investir na qualificação necessária ao excelente desempenho de sua função docente. Ser crente fiel e espiritual é imprescindível para o magistério cristão, mas isto não é tudo que se exige do professor. Se não for seguro conhecedor das doutrinas bíblicas e não comprovar sua legítima capacidade para ensinar, jamais cumprirá cabalmente sua missão educativa.

Para efeito didático, reunimos em dois grupos algumas habilidades imprescindíveis ao professor.

Os grupos são: Qualificações espirituais e qualificações intelectuais.

## I. Qualificações Espirituais

### 1. Ter convicção de sua chamada específica para o ministério do ensino

Com o intuito de edificar e aperfeiçoar sua Igreja, Cristo concedeu vários dons aos homens e, dentre eles, o de mestre: "E ele deu uns como apóstolos, e outros como profetas, e outros como evangelistas, e outros como pastores e mestres, tendo em vista o aperfeiçoamento dos santos para a obra do ministério, para a edificação do corpo de Cristo" (Ef 4.11,12). Segundo o comentário da *Bíblia de Estudo Pentecostal*, "mestres são aqueles que recebem de Deus um dom especial para esclarecer, expor e proclamar a Palavra de Deus". O mestre ou professor da Escola Dominical precisa ter convicção de sua chamada para o ministério de ensino.

Muitos são freqüentemente colocados à frente de uma classe por seus líderes, mas não receberam de Deus a confirmação de sua chamada. Não sabem o que estão fazendo. Como identificar os professores chamados? Os genuinamente chamados, enquanto ensinam, sentem seus corações inflamarem pelo Espírito Santo. Eles amam intensamente sua missão. Têm dedicação em sua praxe docente: "...se é ensinar, haja esmero ao ensino" (Rm 12.7b). E o que significa esmero? Significa integralidade de tempo no ministério de ensino, ou seja, estar com a mente, o coração e a vida totalmente voltados para esse mister. Ser ensinador cristão é diferente de ocupar o cargo de professor. Envolve chamada específica e capacitação divina.

## 2. Ter um relacionamento vital e real com o Senhor Jesus

O que representa este relacionamento? Cristo é, em primeiro lugar, o seu salvador pessoal, salvou-o de todo o pecado e é também Senhor e dono da sua vida. Há professores que não têm certeza da própria salvação, como poderão ensinar Soteriologia? Outros não oram, não lêem a Bíblia e não têm vida devocional. No magistério cristão, de nada adianta ensinar o que não sente e não vive. O professor não pode ensinar aquilo que não está disposto a obedecer.

## 3. Esforçar-se em seguir o exemplo de Jesus

Jesus foi o maior pedagogo de todos os tempos; usou todos os métodos didáticos disponíveis para ensinar: costumava, por exemplo, utilizar-se de perguntas para induzir a audiência a dar a resposta correta que Ele buscava: "Que dizem os homens que eu sou?" (Mc 8.27-30). Suas indagações indiretas exigiam que seus discípulos comparassem, examinassem, relembrassem e avaliassem. Exemplificava com parábolas, contava histórias e usava vários métodos criativos. Conforme declarou LeBar, citado por Howard Hendricks no *Manual de Ensino*, CPAD, "Jesus Cristo era o Mestre por excelência, porque ele mesmo encarnava perfeitamente a verdade. [...] Ele entendia perfeitamente seus discípulos, e usava métodos perfeitos para mudar as pessoas individualmente e sabia como era a natureza humana e o que havia genericamente no homem (Jo 2.24,25)."

Jesus ensinava complexidades usando a linguagem simples das coisas do dia-a-dia. Sua linguagem sempre era tangível à experiência das pessoas – emprego, problemas pessoais, costumes, vida familiar, natureza, conceitos religiosos etc. Seus instrumentos pedagógicos eram os campos, as montanhas, os pássaros, as tempestades, as ovelhas. Em suma, qualquer coisa que estivesse ao seu alcance Ele usava como ferramenta de ensino.

## 4. Disposição e humildade para aprender

O homem é um ser educável e nunca se cansa de aprender. Aprendemos com os livros, com nossos alunos, com as crianças, com os idosos, com os iletrados, enfim, aprendemos enquanto ensinamos.

Não há melhor maneira de aprender do que tentar ensinar outra pessoa. O professor deve estar atento a qualquer oportunidade de aprender. Quando não souber uma resposta, é melhor ser honesto e dizer que não sabe. A ausência do orgulho diante da realidade de "não saber", facilita e promove a aprendizagem.

## 5. Liderança positiva

Tendo consciência ou não, o professor sempre exerce liderança sobre seus alunos. Essa liderança, será positiva ou negativa, dependendo da postura espiritual assumida pelo professor. Os ensinamentos, conceitos, princípios e conselhos ministrados aos seus discípulos, dificilmente deixarão de influenciá-los. De que modo pode o professor evidenciar a liderança positiva? Eis algumas dicas:

a) Apoiando o pastor de sua igreja;
b) Dando assistência aos cultos;
c) Participando efetivamente no sustento financeiro da obra de Deus (dízimos e ofertas);
d) Integrando-se à igreja: presença e atividades nos cultos;
e) Mantendo-se distante dos "ventos de doutrinas";

f) Sendo eticamente correto;
g) Vivendo o que ensina (personificar a lição);
h) Tendo um lar cristão exemplar;
i) Apoiando a missão e a visão da igreja local;
j) Não usando a sala de aula para promover revoltas e dissoluções.
l) Colocando como alvo o nascimento de uma nova classe a cada ano.
m) Colocando como alvo a geração de novos professores a cada ano.

### 6. Reconhecer a envergadura da sua missão e encará-la com seriedade

Como nos referimos em tópico anterior, o ministério de ensino exige dedicação integral do professor: "E todos os dias, no templo e de casa em casa, não cessavam de ensinar, e de pregar Jesus Cristo" (At 5.42). Cabe aos educadores cristãos a responsabilidade de instruir, guiar e orientar o caminho de outros servos de Deus. O professor precisa ser consciente de sua tarefa, não no sentido de mera assistência, mas em suas atitudes e atos em relação a Cristo. O resultado deste labor será energicamente cobrado. Chegará o dia em que cada professor dará contas de si mesmo a Deus: "...cada um de nós dará conta de si mesmo a Deus" (Rm 14.12).

## II. Qualificações Intelectuais

### 1. Conhecimentos bíblicos essenciais

Numa pesquisa sobre o desempenho da Escola Dominical, realizada com 100 alunos, fizeram a seguinte pergunta: "Por que vocês vão à Escola Dominical"? 98,9% responderam que vão para aprender mais sobre a Bíblia.

Nesta mesma pesquisa, perguntaram à classe mais concorrida: "Por que vocês participam desta classe"? 93,5% disseram que a freqüentavam em razão de o professor conhecer profundamente a Bíblia.

O verdadeiro crescimento espiritual está particularmente ligado ao estudo individual, dedicado e constante das Escrituras. O professor da Escola Dominical jamais deve contentar-se com o que ouve a respeito da Palavra de Deus. Antes, deve ele provar, averiguar e confrontar tudo o que dizem com o que ele próprio lê e estuda acerca das Escrituras. Já que a Bíblia é o livro-texto da Escola Dominical, o professor deverá aplicar-se ao seu estudo sem reservas.

*a) O professor precisa ler e estudar a Bíblia com eficiência.*

O estudo bíblico começa com a leitura. Em I Timóteo 4.13 o apóstolo Paulo diz: "Aplica-te à leitura...". O professor precisa ler a Bíblia de modo eficiente. Há pessoas que cursaram até o terceiro grau e ainda não aprenderam a ler no sentido de apropriar-se do conteúdo da leitura. A Bíblia não pode ser lida como um livro qualquer. Sua leitura deve ser pausada, meditativa e atenciosa.

A metodologia científica diz que cada gênero literário requer uma velocidade própria de leitura.

A leitura da Bíblia requer atenção especial. Deve ser efetuada com cuidado, retrocedendo, quando necessário, e não somente "indo em frente", como se o objetivo fosse apenas concluí-la. Ler a Bíblia simplesmente para cumprir um programa de leitura diária, como muitos fazem, tem pouco ou nenhum proveito.

A leitura bíblica, pelo professor da Escola Dominical, precisa ser levada a efeito ativamente, ligando o que está sendo lido com o conhecimento anterior, fazendo confrontos, questionando, ressaltando, marcando ou anotando quando necessário.

*b) O professor precisa conhecer a história e a estrutura da Bíblia.*

- A formação do "cânon sagrado" – como a Bíblia chegou até nós.
- Manuscritos, traduções, versões e revisões.
- Unidade física – estrutura e classificação dos livros.

*c) O professor precisa conhecer as doutrinas fundamentais da Bíblia.*

- A doutrina de Deus.
- A doutrina do Senhor Jesus Cristo.
- A doutrina do Espírito Santo.
- A doutrina da Trindade.
- A doutrina do Homem.
- A doutrina do pecado.
- A doutrina da Igreja.
- A doutrina da Salvação.
- A doutrina das Últimas Coisas.

*d) O professor precisa conhecer as principais regras de interpretação da Bíblia.*

**A – Primeira Regra** – A Bíblia interpreta-se a si mesma.

- Mediante a lei do contexto – precedente – que se segue.
- Mediante os textos paralelos.
- Mediante o ensino geral do livro e seu autor.
- Mediante o ensino geral da própria Bíblia.

### B – Regras Fundamentais

- Nunca interprete um texto isoladamente, interprete Escritura com Escritura.
- Nunca baseie doutrina em um texto isolado; interprete à luz da Bíblia.
- Toda dúvida ou incerteza sobre o sentido de uma palavra ou texto, deve ser submetida ao consenso geral da Bíblia.

### C – Regras Gerais

- Ser espiritual, de oração e consagração. O real intérprete da Bíblia é o Espírito Santo.
- Conhecer bem o vernáculo – Fundamental para saber o sentido natural das palavras do texto.
- Observar a lei do contexto – "O texto sem o contexto é um pretexto."

*e) O professor precisa conhecer antigüidades bíblicas. Isto é, a vida, os costumes, as leis, e as terras dos povos bíblicos.*

*f) O professor precisa ter bom senso quando for interpretar um texto bíblico.*

*g) O professor precisa conhecer o Plano Global de Deus exposto nas Escrituras (Dispensações e Alianças).*

*h) O professor precisa conhecer a linguagem figurada da Bíblia (tipos, símbolos, metáforas, parábolas etc.).*

*i) O professor precisa conhecer a história antiga dos povos mencionados na Bíblia (egípcios, babilônios, assírios, cananeus, judeus, gregos, romano etc.).*

*j) O professor precisa conhecer a história da igreja.*

*l) O professor precisa conhecer geografia bíblica.*

## 2. Conhecimentos didático-pedagógicos básicos

*a) O professor precisa entender o processo ensino-aprendizagem.*

O ensino na Escola Dominical deve ser atuante, vibrante e instigador. Ensinar, segundo a maioria dos modernos educadores, não significa simplesmente transmitir conhecimentos, como se a mente do aluno fosse um insignificante receptáculo do conhecimento alheio, ou uma folha em branco, na qual o professor pudesse gravar o que desejasse.

Muitos professores pensam que é dever comunicar o máximo do que eles sabem aos alunos, na forma melhor estruturada possível, mesmo sem medir ou avaliar o resultado, em termos de quantidade e qualidade de conteúdo assimilado. Ensinar entretanto, não é somente transmitir, não é somente transferir conhecimentos de uma cabeça a outra, não é somente comunicar. Ensinar é fazer pensar, é ajudar o aluno a criar novos hábitos de pensamento e de ação. Isto não significa que a exposição da aula não deva ter estrutura alguma, ou que seja melhor o professor ser um mal comunicador. Significa, sim, que a estrutura da exposição deve conduzir ao raciocínio e não à absorção passiva de idéias e informações do professor.

*b) O professor precisa planejar suas aulas.*

O que é um planejamento de aula? É a previsão inteligente e bem calculada de todas as etapas do ensino e a programação racional de todas as atividades, de modo a tornar o ensino seguro, econômico, e eficiente.

Todo planejamento se concretiza num programa definido de ação, que constitui um roteiro seguro para conduzir progressivamente os alunos aos resultados desejados.

Ao planejarmos, devemos responder as seguintes perguntas: O que pretendemos alcançar? Como alcançar? Em quanto tempo? O que fazer e como fazer? Como avaliar o que foi alcançado?

Obs: Estes assuntos serão focalizados detalhadamente em capítulo à parte.

*c) O professor precisa conhecer variados métodos de ensino.*

- *Exposição oral.* Aula expositiva ou preleção. Método tradicional usado freqüentemente em escolas de todos os níveis. O professor colocado diante do grupo expõe oralmente a matéria, falando ele só o tempo todo. É o método mais criticado, mas também o mais utilizado. O êxito ou fracasso no seu emprego dependerá da habilidade do professor.

- *Perguntas e respostas.* É largamente utilizado por ensinadores experientes, desde os dias da antigüidade. A eficácia deste método reside no fato de que as perguntas sempre são desafiadoras. A mente, neste caso, não apenas recebe informação, mas a analisa e pondera. Existe todo um processo de reflexão, análise e avaliação que ocorre no cérebro do aluno, enquanto ele recebe a pergunta, medita nas suas implicações e verbaliza a resposta.

- *Discussão ou debate.* O método de discussão ou debate é aquele em que um assunto ou tópico da lição é colocado para ser discutido entre os membros do grupo.

- *Técnicas de trabalho em grupo (Dinâmica de grupo).* Por maior que seja o entusiasmo do professor em incentivar a participação ativa dos alunos, seu sucesso vai depender em última instância de saber organizar atividades que facilitem esta participação. Aí é que entram as técnicas de trabalho em grupo. Eis algumas: *Phillips 66, Díade, Grupos simples com tarefa única, Tempestade cerebral, Pergunta circular, Grupo de verbalização x Grupo de observação, Painel e Estudos de casos.*

*d) O professor precisa estar motivado para ensinar.*

Deve saber e dominar o que vai ensinar. Conhecer bem a Palavra, o currículo e a lição daquele dia. Este conhecimento deve fazer parte de sua experiência.

*e) O professor precisa de preparo especializado.*

O conhecimento amplo e sistemático da matéria ou da respectiva área de estudo é condição essencial e indispensável para a eficiência do magistério cristão.

O professor deve conhecer, pelo menos, bem mais do que o estritamente exposto nas revistas do Aluno e Mestre, tanto em extensão como em profundidade.

## 3. Conhecimentos de Psicologia Educacional

Os alunos são diferentes. São diferentes dependendo do grupo de idade, e também dentro do próprio grupo de idade (Psicologia Evolutiva).

As características gerais do aluno variam conforme seu desenvolvimento físico, mental, social e espiritual. Daí cada idade requerer tratamento diferente.

## Conclusão

O que responderemos ao Senhor acerca do ministério docente? Temos encarado nossa missão e sacerdócio com seriedade? Isto soa tão grave que o apóstolo Tiago nos desencorajou: "...meus irmãos, muitos de vós não sejam mestres, sabendo que receberemos mais duro juízo" (Tg 3.1).

Alguém poderia perguntar: Se o juízo é tão severo, em que sentido esse ministério é importante para a minha vida?

A resposta está explícita no que Paulo disse aos tessalonicenses: "Vós sois a nossa glória e nosso gozo" (I Ts 2.20). Quando um investimento espiritual é feito em outra vida, você participa de toda a glória das recompensas espirituais que serão colhidas através daquela vida, para sempre. Grande será o nosso galardão! Aleluia!

### Questões para Reflexão

*1. Como pode o professor preparar-se a fim de cumprir sua missão educativa?*

*2. Ser crente fiel e espiritual é suficiente ao magistério cristão?*

*3. Como pode o professor comprovar sua capacidade para ensinar?*

*4. Você está convicto de sua chamada específica para o ministério de ensino?*

*5. Em sua opinião, em que sentido "ser educador é diferente de meramente ocupar o cargo de professor"?*

*6. Quais das qualificações espirituais apresentadas neste capítulo você possui? E quanto às intelectuais?*

# 5 Capítulo

# Os Objetivos do Ensino

**Sumário**

Introdução

I. O que significa ensinar
II. Como deve ser o ensino
III. A necessidade da determinação dos objetivos do ensino
IV. Categorias de objetivos
V. Formulação de objetivos operacionais

Conclusão
Questões para Reflexão

## Objetivos do Capítulo

✓ *Estimular o mestre a promover a educação cristã participativa.*

✓ *Conscientizar o professor quanto à importância de se estabelecer objetivos operacionais no ensino cristão.*

CAPÍTULO

# 5

# Os Objetivos do Ensino

"O importante é que em todos os nossos atos tenhamos um fim definido que almejamos conseguir...à maneira dos arqueiros que apontam para um alvo bem assinalado."

*Aristóteles*

## Introdução

A determinação de objetivos é, talvez, o processo mais importante dentre todos os implicados na educação. John Dewey em seu livro *Democracia e Educação* ensinou: "O objetivo significa a previsão do termo ou do resultado provável de nossa ação. Agir com um objetivo em mira é agir inteligentemente; redunda sempre em atividades seriadas e ordenadas para atingi-lo. O objetivo é, portanto, o princípio que governa e dirige toda a nossa atividade e influencia cada um dos passos que dermos para atingi-lo". Eis algumas perguntas que devem ser respondidas pelo professor da Escola Dominical antes de encetar qualquer ação docente: O que venho fazer aqui? E o que vêm fazer meus alunos? O que espero deles? O que esperam eles de mim? Ao terminar minhas aulas, o que eles serão capazes de fazer? Terão modificado alguma coisa em seu comportamento? O que realmente desejo que meus alunos sejam? Bons chefes de família? Educadores? Professores da Escola Dominical? Pastores? Missionários? Crentes fiéis e ativos na obra do Senhor?

## I. O Que Significa Ensinar

### 1. Evolução dos conceitos de ensino

Se perguntarmos a um leigo o que significa ensinar, certamente ouviremos as seguintes respostas: "Ensinar é transmitir conhecimentos" ou "Ensinar é transferir para o aluno tudo aquilo que o professor aprendeu". Estas proposições estariam corretas se não colocassem o aprendiz na condição de mero espectador. Se ensinar é simplesmente transferir saberes de uma cabeça à outra, significa que quem aprende exerce um papel passivo no processo, ou seja, é apenas um receptáculo do saber alheio. Nesse caso, professores e alunos posicionam-se em níveis diferentes e distantes: de um lado temos o mestre que sabe tudo, e de outro, o aluno que nada sabe. Afirmar isso é comparar a mente humana a uma folha em branco, na qual os professores podem gravar o que desejarem. Era assim que a didática tradicional conceituava o ensino.

Através de recentes estudos no campo da didática, alguns educadores preferiram considerar o ensino como a técnica capaz de formar uma série de condicionamentos. Daí a expressão: "Ensinar é formar hábitos". Posteriormente, surgiu uma nova definição: "Ensinar é dirigir ou orientar tecnicamente a aprendizagem". Mediante esta posição, a maioria dos pedagogos concordam que o processo de ensinar tem como conseqüência obrigatória o processo de aprender. Se o professor ensinou e o aluno não aprendeu, não houve verdadeiro ensino.

## II. Como Deve Ser o Ensino

### 1. O ensino deve ser atuante, vibrante e instigador

Muitos professores pensam que é dever comunicar o máximo do que eles sabem aos alunos, na forma melhor estruturada possível, mesmo sem medir ou avaliar o resultado, em termos de quantidade e qualidade de conteúdo assimilado. Ensinar, como já foi dito, não é somente transmitir ou transferir conhecimentos. Não é somente comunicar. Ensinar é fazer pensar; é ajudar o aluno a criar novos hábitos de pensamento e de ação. Isto concorda com o que leciona o Prof. John Milton Gregory: "A verdadeira função do professor é criar condições para que o aluno aprenda sozinho. (...) Ensinar de fato não é passar conhecimento, mas estimular o aluno a buscá-lo. Poderíamos até dizer que ensina melhor quem menos ensina".

Imaginemos uma situação real de sala de aula: Um aluno da Escola Dominical faz as seguintes perguntas: "Professor, como deve ser o relacionamento com os nossos inimigos?" "Jesus ensinou algo específico a esse respeito?" Quais respostas deveria dar o professor? Responderia ele de imediato? Na prática docente é o que normalmente acontece: o professor fornece de pronto a resposta mais elaborada possível. Neste caso, de que modo participaria o aluno no processo? Se ele sempre tem as respostas, não há necessidade de buscá-las. Não é preciso pensar! Se esse procedimento não é correto, como deve ser feito? Em vez de simplesmente dar a solução, deve o professor fornecer material suficiente e necessário para que o aluno por si só, tente elaborar sua própria resposta. Em relação ao aluno referido acima, o professor, no intuito de torná-lo participante ativo do processo ensino-aprendizagem, poderá tomar as seguintes atitudes:

- Indicar a leitura e a comparação de Mt 5.44 com Mt 26.48,50.

- Com base nos textos indicados, propor-lhe as seguintes questões:

a) Se você estivesse no lugar de Jesus, qual seria sua atitude ao constatar que aquele que se dizia seu amigo, na verdade, o traíra covardemente?
b) Apesar de ter sido traído, a forma como Jesus tratou Judas condiz com o que Ele ensinou aos seus discípulos?
c) Este é um exemplo a ser seguido por todos nós?

Com estes materiais, o aluno não apenas terá uma resposta objetiva mas concluirá por si mesmo que Jesus não apenas ensinou acerca do relacionamento com os inimigos, mas foi o exemplo, amando de forma imparcial e completa, não apenas aqueles que o amavam, mas também aos que o odiavam e perseguiam.

De acordo com Howard Hendricks, "a eficiência de nosso ensino não se avalia com base naquilo que o professor faz, mas no que o aluno faz em decorrência de nossa prática didática". Isto não significa que a exposição da aula não deva ter estrutura alguma, ou que seja melhor o professor nunca responder uma pergunta objetivamente. Significa, sim, que a estrutura da exposição deve conduzir ao raciocínio e não à absorção passiva de idéias e informações do professor.

L. A. Weigle, em seu livro *The Teacher*, diz: "Não é aquilo que você diz ou conta ao aluno, e, sim, aquilo que ele pensa depois de ouvir suas palavras; não é aquilo que você faz por ele, e, sim, aquilo que ele faz com suas próprias mãos; não é a impressão, e, sim, a reação dele que determina o seu desenvolvimento. Você não pode enfiar idéias na cabeça do aluno; suas palavras são apenas símbolos das idéias que estão em sua mente. O aluno deve interpretar tais símbolos e daí, com isso, construir suas próprias idéias. O ensino só obtém êxito quando leva o aluno a agir".

## 2. O ensino deve ser envolvente

Qualquer tempo gasto sem que o aluno esteja profundamente envolvido na lição é tempo perdido. O que se pensa, geralmente, é que na Escola Dominical, somente as classes infantis e de adolescentes necessitam de elementos incentivadores para captar e cativar a atenção dos alunos para o estudo. Esse pensamento não traduz a verdade no âmbito da prática docente. Muitos recursos educativos normalmente aplicados à infância e à adolescência, podem ser potencializados e redimensionados para as demais classes. Temos que fazer o aluno envolver-se na lição. Torná-lo cooperador engajado na aprendizagem.

A participação ativa dos alunos constitui fator essencial à aquisição e principalmente à retenção do conteúdo do ensino. O professor deve "abrir espaço" para seus alunos contarem suas próprias experiências relacionadas aos aspectos essenciais da lição.

Todo ensino precisa ser ativo, e toda aprendizagem não pode deixar de ser ativa, pois ela somente se efetiva pelo esforço pessoal do aprendiz, visto que ninguém pode aprender por alguém. De acordo com Ralph W. Tyler, "A aprendizagem se realiza através da conduta ativa do aluno, que aprende mediante o que ele faz e não o que faz o professor." John Dewey, famoso filósofo e psicólogo norte-americano, quando ensinava sobre objetivos do ensino, declarou: "O objetivo da educação deveria ser ensinar a pensar, e não ensinar o que pensar".

O professor deve solicitar, quer no início, quer no decurso de qualquer aula, a opinião, a colaboração, a iniciativa, o trabalho do próprio aluno.

### 3. O ensino deve ser potente e dinâmico

O que significa potencializar e dinamizar o ensino? A natureza do ensino não é dinâmica em si mesma? Haveria algo a fazer que o tornasse mais interessante?

Tornar o ensino potente e dinâmico significa atribuir-lhe força para produzir ou transformar alguma coisa. No que se refere à educação significa modificar o comportamento na maneira de pensar, sentir e agir.

Antes de demonstrar como atribuir força ao ensino é necessário esclarecer como ocorre o processo ensino-aprendizagem. Existe uma relação intrínseca entre ensinar e aprender. Só ocorre o aprendizado, e, portanto, só ocorre o ensino depois que houver mudanças na mente, na vontade e na atitude do indivíduo.

## III. A Necessidade da Determinação de Objetivos

### 1. Como selecionar os procedimentos de ensino sem a determinação dos objetivos?

É impossível selecionar meios eficientes de ensino sem estabelecer previamente os objetivos. Quando o professor tem uma perfeita concepção das competências que seus alunos deverão revelar à conclusão de uma seqüência de ensino de um trimestre, por exemplo, ele pode incorporar ao conteúdo de ensino oportunidade para que os alunos pratiquem comportamentos que estejam de acordo com os objetivos visados. O professor não é forçado a propor atividades meramente para preencher o tempo, pois todas as atividades de sala de aula estarão de acordo com os objetivos propostos. Em suma:

a) Os objetivos ajudam o professor a selecionar inicialmente suas atividades de ensino.
b) Os objetivos permitem ao professor melhorar, com o tempo, a qualidade de uma seqüência de ensino.

## IV. Categorias de Objetivos

### 1. Objetivos Gerais

São complexos e alcançáveis em períodos mais amplos. Exemplo: Objetivos de um trimestre ou de um ano letivo: "Ao término deste ano meu aluno deverá ter lido todos os livros da Bíblia".

### 2. Objetivos específicos

São mais simples, concretos, alcançáveis em menor tempo e explicitam desempenhos observáveis. Exemplo: Objetivos de uma aula: "Ao término desta aula meus alunos deverão relacionar no quadro-de-giz os principais atributos de Deus".

### 3. Objetivos operacionais ou comportamentais

São objetivos que visam a mudança de comportamento do aluno. Trata-se da descrição de um padrão de comportamento que o aluno deve ser capaz de demonstrar, quando tiver completado uma experiência de aprendizagem. Considerando-se um objetivo de ensino como uma afirmação que indica a desejada mudança de comportamento, conclui-se que o aluno esteja diferente, após o término de uma atividade de ensino. Logo, para classificar-se um objeto como de ensino, é necessário que ele indique ação ou expressão, que descreva um ato observável que o aluno realiza, como resultado da aprendizagem. O professor deve descrever seus objetivos em função do rendimento mensurável do aluno, isto é, do que este pode fazer ou como se comportará ao final de determinado período.

Exemplos de objetivos comportamentais para aulas específicas de determinada classe da Escola Dominical:

Que meu aluno ao término desta aula seja capaz de:

- Relacionar os principais benefícios da justificação.
- Definir a palavra "igreja".
- Destacar os ensinamentos da Bíblia sobre a realidade do pecado e seus funestos resultados.
- Refutar, mediante referências bíblicas, as falsas idéias evolucionistas sobre a criação do homem.
- Distinguir as três principais fontes de tentação descritas na Bíblia.

Todas estas frases, representam os objetivos a serem atingidos e contêm conceitos que indicam ação, movimento, atividade, atitudes, ou outras modificações que podem ser observadas no aluno, após a aprendizagem e como conseqüência dela. Em outras palavras, os verbos indicam que o aluno deverá se comportar de determinada forma que o professor perceba que ele assimilou o conteúdo da aula. Para que isso aconteça é necessário que o mestre proponha, durante ou no término da aula, alguma forma de avaliação.

## 4. Classificação dos objetivos quanto ao domínio

*a) Objetivos cognitivos* – objetivos vinculados à memória e ao desenvolvimento de capacidades e habilidades intelectuais dos alunos.

***Exemplo:*** O aluno deverá responder alguma pergunta.

*b) Objetivos afetivos* – objetivos que descrevem mudança de interesses, atitudes e valores.

***Exemplo:*** O aluno deverá manifestar algum sentimento em relação à matéria dada.

*c) Objetivos psicomotores* – objetivos relacionados às habilidades motoras, manipulativas.

***Exemplo:*** O aluno deverá fazer, praticar, exercer alguma atividade.

## V. Formulação de Objetivos Operacionais

Como formular objetivos operacionais? Quais são os verbos mais apropriados? Antes de o professor formular seus objetivos em termos comportamentais é conveniente que faça algumas reflexões: Qual é sua intenção quando diz que seu aluno precisa aprender algo? Que ele enumere, solucione ou planeje? Sugerir simplesmente que ele "saiba" indica muito pouco, porque a palavra tem vários significados. Enquanto o professor não indicar o sentido do "saber" em termos do que o aluno deve ser capaz de fazer, terá dito muito pouco. Logo, o objetivo que comunica melhor é aquele que descreve a atuação que se espera do aluno, expresso com tal clareza que evite más interpretações. Ao formular seus objetivos, o professor deverá levar em consideração as seguintes questões:

- O que o aluno deve ser capaz de fazer?
- Em que condições deve fazê-lo?
- Quão bom deve ser o desempenho para ser considerado satisfatório? (Mager, R.E., *A Formulação de Objetivos de Ensino,* Globo, p.18)

A seguir, uma relação de verbos apropriados para a elaboração de objetivos operacionais:

| Conhecimento | Compreensão | Aplicação | Análise | Síntese | Avaliação |
|---|---|---|---|---|---|
| *Definir* | *Traduzir* | *Interpretar* | *Distinguir* | *Compor* | *Julgar* |
| *Repetir* | *Reafirmar* | *Aplicar* | *Analisar* | *Planejar* | *Avaliar* |
| *Apontar* | *Discutir* | *Usar* | *Diferenciar* | *Propor* | *Taxar* |
| *Inscrever* | *Descrever* | *Empregar* | *Calcular* | *Esquematizar* | *Validar* |
| *Recordar* | *Explicar* | *Demonstrar* | *Experimentar* | *Formular* | *Selecionar* |
| *Nomear* | *Expressar* | *Dramatizar* | *Provar* | *Coordenar* | *Escolher* |
| *Relatar* | *Identificar* | *Praticar* | *Comparar* | *Conjugar* | *Valorizar* |
| *Sublinhar* | *Localizar* | *Ilustrar* | *Criticar* | *Reunir* | *Estimar* |
| *Relacionar* | *Transcrever* | *Operar* | *Investigar* | *Construir* | *Medir* |
| *Enunciar* | *Revisar* | *Inventariar* | *Debater* | *Criar* | |
| | *Narrar* | *Esboçar* | *Examinar* | *Erigir* | |
| | | *Traçar* | *Categorizar* | *Organizar* | |
| | | | | *Dirigir* | |
| | | | | *Prestar* | |

## Conclusão

Os objetivos são úteis na implementação e avaliação do ensino. São úteis porque indicam o conteúdo e os procedimentos que levam à aprendizagem bem sucedida, ajudam a dispor desse processo de aprendizagem e preparam os meios para descobrir seus resultados.

Como esperar resultados específicos sem a determinação de objetivos também específicos? A formulação de objetivos é fundamental e prévia em qualquer atividade. Se não há objetivos, não há também o que esperar.

## Questões para Reflexão

*1. De que forma o ensino se relaciona com a aprendizagem?*

*2. Você acha que o aluno pode cooperar com o professor no processo ensino-aprendizagem?*

*3. Você tem dado oportunidade aos seus alunos de participarem ativamente em suas aulas?*

*4. Quais são as suas metas em relação a sua classe?*

*5. Qual a importância dos objetivos operacionais, comportamentais no ensino cristão?*

# 6 Capítulo

# Os Métodos de Ensino

Sumário



## Objetivos do Capítulo

✓ *Incentivar o professor a diversificar seus procedimentos didáticos.*

✓ *Auxiliar o educador cristão na escolha de métodos adequados à realidade do ensino na igreja.*

# Capítulo 6

# Os Métodos de Ensino

> "Convém que tudo esteja preparado de antemão, para que seja menor o perigo de errar e maior o tempo consagrado ao ensino."
>
> *Johann Amos Comenius*

## Introdução

Não devemos tornar nossa maneira de dar aula tão rígida a ponto de não admitirmos outros meios de comunicação mais práticos, dinâmicos e flexíveis. Precisamos diversificar nossos métodos e adequá-los eficientemente às novas realidades e circunstâncias. Ou seja, é preciso mudar a maneira de comunicar uma verdade sem a preocupação de alterá-la.

Um dos maiores dilemas do ensino nas Escolas Dominicais, independente do nível etário, é a inabilidade do uso e a inadequação dos métodos de ensino. Uma boa parte dos professores escolhe os métodos (quando tem conhecimento deles) sem objetivar os alunos e a transformação de suas vidas.

Esta imperícia, na maioria dos casos, torna o trabalho docente improdutivo, inoperante.

Todo professor deve ser criterioso na escolha do método que irá usar em sua aula. Cada situação específica requer um método apropriado. Devem ser avaliadas todas as vantagens e desvantagens antes de se aplicar qualquer tipo de método.

## I. O Que é Método

Na Grécia antiga *methodos* significava "caminho para chegar a um fim". Com o passar do tempo essa significação generalizou-se e o termo passou a ser empregado também para expressar outras coisas, como "maneira de agir", "tratado elementar", "processo de ensino" etc. Hoje, a maioria dos teóricos concordam que método é um conjunto de etapas, ordenadamente dispostas, a serem vencidas na investigação da verdade, no estudo de uma ciência ou para alcançar um fim desejado. O método indica o que *fazer*, é o orientador da atividade. Esta é a acepção que nos interessa na área do ensino – é a que nos remete ao método didático. E o que é método didático? Como predispô-lo e utilizá-lo de modo eficiente? Ele pode ser aplicado em qualquer disciplina? Pode ser adaptado à realidade do currículo bíblico ensinado na Escola Dominical?

Segundo o educador Luiz Alves de Mattos, "o método didático é a organização racional e prática dos recursos e procedimentos do professor, visando conduzir a aprendizagem dos alunos aos resultados previstos e desejados". Todo método tem por objetivo levar o aluno ao domínio seguro e satisfatório dos conteúdos do ensino, ampliando seus conhecimentos, enriquecendo sua experiência e desenvolvendo suas capacidades.

O método didático pode ser desdobrado em vários procedimentos e atividades de ensino, como veremos adiante.

## II. Qual é o Melhor Método

O método de preleção ou exposição oral, embora muito criticado, é o preferido da maioria dos professores. Este é aquele em que o professor fala o tempo todo e, às vezes, responde algumas poucas perguntas. Dentre as desvantagens do uso exclusivo deste método, destacam-se duas: primeira, este método coloca toda a responsabilidade sobre os ombros do professor. Em conseqüência, o aluno não participa ativamente do processo de ensino. Quase nada lhe é exigido. Segunda, o professor não dispensa sua atenção a um aluno especificamente. Todos são nivelados de acordo com o desempenho do grupo.

Afinal, quais são os melhores e os piores métodos a serem usados no ensino? Quais são os mais eficazes? O fato é que, determinado método pode ser melhor para certos propósitos e não tão eficiente para outros. Segundo Leroy Ford a escolha dos métodos depende dos propósitos, da habilidade do professor, da habilidade do aluno, do tamanho do grupo, do tempo disponível e dos equipamentos necessários. Os métodos devem ser adequados aos objetivos de cada aula. O professor não deve obrigar-se a usar este ou aquele, e muito menos abandonar o modo tradicional. Deve, antes, estar atento ao resultado final da aprendizagem.

Alguém já disse, com muita propriedade, que o pior método é aquele que sempre é utilizado. Não importa qual seja: discussão, perguntas e respostas, ou preleção. Se é usado invariavelmente todos os domingos, é o pior. Cada método tem o seu valor e o seu propósito. Não existe um melhor que o outro.

Às vezes um professor sente que deve usar apenas um método durante o período todo da lição. É claro que haverá ocasiões em que será este o caso. Mas o ideal é que o professor utilize diversos métodos numa só lição. Numa dada aula poderá usar perguntas e respostas, e permitir um pouco de debate. Poderá tomar alguns minutos para explicar algum ponto difícil ou contar uma história. Uma combinação destes métodos com a ênfase principal ora num, ora noutro, é, provavelmente, o melhor procedimento de ensino.

O prof. Robert Joseph Choun Jr. nos apresenta seis normas para a seleção de métodos de ensino criativos:

1. Certifique-se de que o método ou atividade combina com o nível de habilidade e maturidade dos alunos.
2. Disponibilize várias opções de atividades para estimular o interesse do estudante.
3. Forneça variedade para manter o interesse dos alunos e prevenir o enfado.
4. Insira orientações claras para assegurar o sucesso do estudante.
5. Inclua perguntas planejadas que ajudem o aluno a refletir nos níveis de conhecimento, compreensão e aplicação.
6. Proporcione direção e incentivo que sustentem o interesse e a motivação do estudante.

## III. Diversificação dos Métodos

### 1. Exposição oral ou preleção

*a) O que é?*

Método tradicional usado freqüentemente em escolas de todos os níveis. O professor, diante do grupo, expõe oralmente a matéria. Esta exposição quase sempre é unilateral: só o professor fala o tempo todo. Este método é o mais criticado, entretanto, é o mais utilizado. O êxito ou fracasso no seu emprego depende da habilidade do professor. A aula expositiva bem planejada evita a monotonia, a sonolência e o conseqüente desinteresse dos alunos.

*b) Como planejar uma aula expositiva?*

O que o professor deve fazer quando decide que, de acordo com seus objetivos, o método de preleção é o mais eficiente para transmitir o conteúdo de sua matéria? Eis algumas sugestões:

- **Limitar o período de tempo da aula**
  O tempo de uma aula expositiva deverá ser adequado à idade dos alunos. Mesmo nas melhores circunstâncias, meia hora de preleção pode representar o limite de qualquer nível etário.

- **Planejar o que vai dizer**
  Este planejamento não deverá ser excessivamente meticuloso. Não é necessário, por exemplo, que o professor leia palavra por palavra dos seus apontamentos. Isto pode tornar a aula enfadonha e dispersiva. Há professores que preferem escrever suas aulas. Para estes, as aulas completamente escritas lhes dão uma sensação de segurança porque, se eles perderem o lugar em que estão lendo, pode ser difícil encontrá-lo, o que será talvez um tanto desconcertante para tais mestres e suas classes. Melhor é preparar as notas em forma de esboço, fazendo listas de palavras, ou frases que desencadeiem associações em suas mentes. Planejar o que vai dizer evita o risco de o professor extraviar-se em divagações.

- **Preparar perguntas para fazer aos alunos**
As perguntas feitas diretamente aos alunos podem ajudá-los a avaliar até que ponto a classe está aprendendo. O mestre poderá iniciar sua aula com uma série de perguntas para que os alunos reflitam sobre elas e, talvez, consigam respondê-las quando ele tiver concluído sua preleção.

- **Dar exemplos que envolvam a experiência dos alunos**
O Professor deve facilitar o envolvimento dos alunos no uso dos exemplos que apresentar em sala de aula. Se os exemplos tiverem paralelo com a experiência deles, provavelmente, a aula expositiva será assimilada.

- **Dar um pouco de humor à exposição**
Qualquer professor pode ensinar com ilustrações descontraídas, contanto que sejam relevantes em relação aos objetivos propostos e que realmente enriqueçam o conteúdo. Deve-se ter cuidado com os exageros. Se o mestre tiver de usar a descontração como recurso, deverá fazer com que pareça espontânea e nunca descabida.

- **Sumariar os pontos principais**
Colocar no quadro um resumo dos pontos principais é extremamente importante. O sumário sublinha a informação que deve ser enfatizada para o aluno, e evita a concentração dele em considerações de importância secundária. Em lugar de uma recitação informal do sumário, o professor poderá pedir a diferentes alunos que sumariem oralmente o que ele disse.

- **Melhorar a elocução nas aulas expositivas**
  As aulas devem ser pronunciadas em voz alta e em ritmo moderado. Muitos professores falam baixo demais e outros com excessiva rapidez. Deve-se evitar hábitos de elocução que possam perturbar os alunos, tais como: "hã", "entendeu?" e "muito bem" interpolados com intervalos freqüentes. O uso de tais enchimentos é, em geral, uma reação nervosa e reflete uma tentativa oral de tomar tempo para os processos mentais do professor.

- **Ter cuidado com a linguagem**
  Alguns professores pensam que faz parte de suas obrigações professorais impressionar os alunos com sua importância, cultura, sagacidade e linguagem empolada. No entanto, o uso de um vocabulário superior à compreensão dos alunos, normalmente acarreta conseqüências negativas. Quando um professor usa palavras novas, deve defini-las na própria exposição. Se preferir, poderá pedir a um de seus alunos que explique a palavra para o restante da classe.

- **Usar frases simples e curtas**
  Uma frase complicada pode ser muito bela em letra impressa, mas quase incompreensível quando falada.

- **Saber usar a gesticulação**
  Gesticular enquanto fala é um excelente hábito. Muitos professores parecem estar amarrados às suas mesas. Nunca chegam até a área onde estão os alunos. Ao exporem suas aulas os professores devem mover-se livremente na sala de aula.

- **Estabelecer "contato ocular" com os alunos**
  O professor deve olhar seus alunos no rosto. Eles se sentem mais interessados quando percebem que seus mestres lhes prestam atenção pessoalmente.

A educadora Graziela Zóboli, especialista em prática de ensino, acrescenta aos admiradores da técnica da aula expositiva os seguintes procedimentos: *estabelecer claramente os seus objetivos; planejar a seqüência dos tópicos; manter os alunos numa atitude de reflexão; dar colorido emocional à exposição; promover exercícios rápidos; efetuar recapitulações dos conteúdos apresentados e explorar as vivências dos alunos.*

## 2. Divisão de pequenos grupos

*a) O que é?*

Caracteriza-se pela divisão da turma em pequenos grupos para a realização de uma atividade específica. Este método visa desenvolver a capacidade de estudar um assunto em equipe, de forma sistemática. Levando em conta o tamanho da classe, a turma deverá ser dividida em pequenos grupos de 3 a 5 alunos. Cada grupo deverá ter um relator. É necessário também que os grupos disponham de caderno ou folha de papel para anotações.

*b) Como funciona?*

O professor deverá escrever no quadro-de-giz algumas questões referentes ao tema em estudo para reflexão e discussão.

*c) Exemplo*

Suponhamos que o tema seja "Avivamento". O professor poderá propor as seguintes questões:

- Medite nos Salmos 80.18,19; 85.4-7; 138.7,8 e responda a pergunta: O que significa avivamento nesses textos?
- Qual a bênção do avivamento descrita em Oséias 6.1-3 e 14.7?
- Você acha que sua igreja está apta para vivenciar um avivamento?
- Qual seria o efeito de um avivamento em sua comunidade?

Terminado o tempo da discussão, os relatores de cada grupo deverão apresentar suas conclusões as quais poderão ser resumidas no quadro-de-giz.

*d) Observação*

É necessário considerar a limitação do tempo reservado ao estudo da lição propriamente dita.

## 3. Painel

*a) O que é?*

Consiste em desenvolver, na presença dos alunos, uma discussão informal entre um grupo de pessoas, selecionadas quer por serem autoridades na matéria em análise, quer por estarem interessadas ou afetadas pelo problema em questão, quer por representarem pontos de vista antagônicos. O painel ajuda os alunos a analisar os diversos aspectos de um tema. Seu objetivo não é chegar a uma solução completa do problema abordado, mas produzir conclusões que conduzam eventualmente a uma solução.

*b) Exemplo de Painel do tipo Interrogação.*

| | |
|---|---|
| **Área da discussão:** | Psicologia Educacional. |
| **Tema:** | "De que forma a educação cristã contribui na formação integral da criança?" |
| **Nome do Moderador:** | Fulano de tal. |
| **Painelistas:** | Fulano, Sicrano e Beltrano. |
| **Objetivo:** | Sintetizar os conteúdos apresentados em determinada aula expositiva. |

**Estratégia:**

A – O moderador apresenta os painelistas, o tema e o objetivo de sua discussão;

B – Cada painelista fará uma breve exposição do tema (no máximo 10 minutos);

C – O moderador faz uma pergunta geral para qualquer um dos painelistas e, a partir de então, inicia-se uma discussão interna (por aproximadamente 10 minutos);

D – O moderador oferece ao auditório a oportunidade de fazer perguntas.

Obs: Poderá ser estabelecido um painel de alunos interrogadores.

## 4. Debate ou Discussão

*a) O que é?*

O método de discussão ou debate é aquele em que um assunto ou tópico da lição é colocado para ser discutido entre os membros de um grupo.

*b) Como funciona?*

O professor deverá propor à turma um debate sobre determinado tema. A turma deverá ser dividida em dois grupos (A e B). O grupo A discutirá o tema por dez minutos, e o B observará e analisará a discussão anotando os pontos importantes.

Terminada a primeira parte da sessão, os grupos invertem suas funções.

Ao cabo do tempo determinado para a participação de ambos os grupos, o professor deverá assumir o comando e conduzir as questões para um fechamento.

## 5. Perguntas e Respostas

Este método tem sido utilizado por notáveis ensinadores desde os primórdios da educação. Sua grande vantagem é poder ser usado durante todo o processo de ensino. O pastor Antonio Tadeu Ayres, em seu livro *Como Tornar o Ensino Eficaz*, fala categoricamente sobre a eficiência deste método: "Sua eficácia reside principalmente no fato de que as perguntas sempre são desafiadoras". (...) "A mente, neste caso, não apenas recebe informações mas analisa e pondera. Existe todo um processo de reflexão, análise e avaliação que ocorre no cérebro do aluno enquanto ele recebe a pergunta, medita nas implicações e verbaliza a resposta."

*a) Quais são as vantagens deste método?*

- Ajuda a manter a atenção.
- Serve como treinamento para o raciocínio dos alunos.
- Permite que os alunos tenham participação ativa na aula.
- Auxilia e desenvolve a forma de expressão das idéias.
- Permite ao professor monitorar a aprendizagem e avaliar a eficácia da sua aula.

- Leva o aluno a pensar e aprender as relações entre as verdades já apreendidas e a organizar essas verdades em sua memória.
- Favorece a recapitulação e fixação da matéria.
- Pode ser aplicado a todas as idades.

*b) O que deve ser evitado?*

- Evite dirigir perguntas à classe com demasiada freqüência. O que em didática faz um bom diálogo não é a quantidade de perguntas dirigidas aos alunos, mas a qualidade delas. Algumas perguntas bem feitas desencadeiam intensa motivação, o que não se consegue com uma longa série de perguntas irrelevantes e, às vezes, descabidas.
- Evite formular perguntas vagas ou ambíguas. Há perguntas que não permitem ao aluno orientar-se em relação ao sentido em que deve ser procurada a resposta.
- Evite formular perguntas relativas a questões já tratadas cujas respostas dependem apenas de apelo à memória. As melhores perguntas são as que propõem problemas e suscitam a intervenção da inteligência para a descoberta ou construção da resposta.
- Evite, ao dirigir perguntas à classe, reservar aos alunos apenas a tarefa de completar frases ou vocábulos. Por exemplo: A Bíblia é a Palavra de....? (Deus). Jesus morreu na... ? (cruz).

## 6.Trabalho em Grupo

*a) O que é?*

Este método tem por finalidade estimular o raciocínio e a participação total da classe. Os alunos deverão ser orientados a discutir um ponto relacionado com a lição ou com um texto bíblico.

### *b) Como funciona?*

Dê a cada aluno uma cópia do ponto a ser discutido ou texto a ser interpretado. Dê alguns minutos para que cada um possa escrever suas idéias. Depois, divida a classe em grupos de três ou quatro participantes a fim de falarem sobre o que escreveram. Cada grupo deverá escolher um membro para apresentar o ponto-de-vista respectivo quando a classe se juntar novamente. Depois de quatro a seis minutos, reúna-os e deixe que os grupos digam a que conclusão chegaram. À medida que cada representante expuser suas idéias, anote-as no quadro-de-giz. Conclua fazendo um resumo das idéias apresentadas. Esta dinâmica envolve toda a classe e levanta planos valiosos para o desenvolvimento da lição.

## 7. Método de raciocínio dedutivo

### *a) O que é?*

O método de raciocínio dedutivo pode ser eficientemente usado em aulas de todos os níveis. Esse método consiste na obtenção de conhecimentos genéricos sobre determinado assunto para se chegar à compreensão de dados específicos, ou seja, tirar uma verdade particular de uma verdade geral na qual ela está implícita. Este método é também conhecido como Silogismo. Há vários tipos de silogismos.

Observe abaixo os exemplos de silogismo categórico:

A– **Premissa Maior:** Todos os homens são mortais; (Conhecimento genérico)
**Premissa Menor:** Sócrates é homem; (Dado específico)
**Conclusão:** Portanto, Sócrates é mortal.

B– **Premissa Maior:** "Os puros de coração verão a Deus".
**Premissa Menor:** Você é puro de coração.
**Conclusão:** Portanto, você verá a Deus.

## IV. Dinâmicas de Grupo

A rotina, a ausência de criatividade e o desinteresse geral de alguns professores constituem grandes inimigos da Escola Dominical. Os mestres que não variam seus procedimentos de ensino tendem ao desânimo e conseqüente fracasso em sua missão educativa. Não há necessidade de o professor trabalhar única e exclusivamente com o tradicional método da preleção. Há à sua disposição uma enorme quantidade de recursos didáticos, técnicas e dinâmicas que tornam as aulas mais interessantes e participativas. Eis algumas:

### 1. Phillips 66

*a) O que é?*

Esta técnica consiste na divisão de um grupo grande de alunos em pequenas frações de seis membros que discutem um assunto durante seis minutos. Ela tem por objetivo dar aos alunos, numa classe numerosa, ocasião de participar, quer formulando respostas e perguntas, ou expressando opiniões e posições.

### 2. Díade

*a) O que é?*

É o fracionamento de um grupo muito grande para dar oportunidade de participação a todos.

*b) Como funciona?*

O professor deverá pedir aos alunos para formarem pares, isto é, pequenos grupos de duas pessoas para discutir o assunto, resolver um exercício ou problemas.

*c) Exemplo:*

Peça aos participantes que relacionem no quadro-de-giz as idéias principais acerca do tema e apresentem seus próprios argumentos. Dê a eles cinco minutos para a execução desta atividade. Terminado o tempo da discussão, reúna todos os grupos em um só e cada par de alunos apresentará sua conclusão. Suponhamos que o tema da aula esteja baseado em Tiago 3.1-12, que fala sobre o domínio da língua.

Sugestões de argumentos para discussão: "A língua deve ser mantida sob domínio", "A língua pode maldizer e bendizer", "Quem governa a língua, governa todo o corpo", "O tropeço da palavra pode ser evitado mediante a disciplina no falar".

## 3. Grupos simples com tarefa única

*a) O que é?*

Os alunos se dividem em grupos de 5 a 8 membros. O professor escreve no quadro-de-giz uma pergunta ou proposição que todos os grupos devem discutir durante um período de tempo. Cada grupo nomeia um coordenador e um relator. Terminado o tempo de discussão, os grupos se reúnem num "grupão" e os relatores de cada grupo apresentam suas conclusões. Estas podem ou não ser resumidas no quadro-de-giz.

*b) Como funciona?*

Para dinamizar sua aula, utilize a técnica denominada "discussão em grupo simples, com tarefa única". Divida a classe em cinco, ou pelo menos três grupos. Oriente-os para que discutam o assunto por dez minutos. Peça que cada grupo nomeie um relator. Terminado o tempo da discussão, os grupos deverão se reunir e os relatores apresentarão suas conclusões. É necessário que o professor administre bem o tempo e conduza a discussão de modo que os alunos não divaguem e nem fujam do tema.

## 4. Pergunta circular

Em todas as classes, existem alunos tímidos que geralmente não participam das atividades propostas pelo professor. Os mais introvertidos se escondem e nunca contribuem.

*a) Como funciona?*

Para iniciar sua aula, utilize a técnica denominada "pergunta circular", que consiste no seguinte: o professor anuncia que a mesma pergunta será feita a todos os alunos, um por um, com a obrigação de todos responderem quando chegar a sua vez. A distribuição física, não precisa ser obrigatoriamente em forma de círculo, porém qualquer disposição que permita a todos responderem sucessivamente. Perguntas sugeridas: "Que diferença há entre a sabedoria puramente humana e a proveniente de Deus?" "Existe diferença entre sabedoria e conhecimento?"Você poderá elaborar outras perguntas de acordo com os objetivos específicos da aula.

## 5. Estudos de casos

*a) O que é?*

Consiste em apresentar de forma sucinta uma situação real ou fictícia para ser discutida em grupo. A forma de como apresentar o caso pode consistir em descrição, narração, diálogo, dramatização, seqüência fotográfica, filme, artigo jornalístico e outras.

## 6. Tempestade Cerebral

*a) O que é?*

Esta técnica constitui-se num modo de estimular a geração de novas idéias a respeito de determinado tema a fim de captar as idéias em estado nascente, antes de serem submetidas aos esquemas fechados e rígidos dos processos de pensamento.

*b) Como funciona?*

A técnica consiste no seguinte: O professor faz uma pergunta ou proposição e, um aluno de cada vez, responde imediatamente com suas próprias palavras, sem ter o tempo necessário para estruturar ou ordenar logicamente a resposta.

*c) Exemplo.*

Suponhamos que o tema da aula seja "A felicidade só existe em Deus". O professor poderá solicitar à classe que conceitue o termo "felicidade". "O que é felicidade?".

Após algum tempo de exercício, o professor deverá ir ao quadro e, com os alunos, construir o conceito mais adequado de acordo com o texto bíblico em estudo.

## 7. Grupo de Verbalização X Grupo de Observação

Dois grupos de alunos deverão ser destacados e dispostos de forma concêntrica. O grupo interno será o de verbalização, que discutirá o assunto por dez minutos. E o externo, o de observação, que acompanhará a discussão, anotando as principais idéias acerca do tema. Terminado o tempo estipulado, os grupos invertem suas funções. O grupo que anteriormente observava, passará a verbalizar e vice-versa, seguindo o mesmo procedimento. A seguir forma-se um "grupão" que, orientado pelo professor, debaterá os pontos divergentes das exposições.

Em função de a hora/aula na Escola Dominical ser limitada, esta técnica não deverá ocupar mais que 13 minutos. A distribuição do tempo da dinâmica poderá ser a seguinte: 5 minutos para o primeiro grupo, 5 para o segundo e 3 minutos para o fechamento e aplicação dos pontos principais.

## Conclusão

O conteúdo, por si, é inerte para fins de aprendizagem, é apenas uma força potencial. Quando ensinado com bom método, torna-se rico, sugestivo e eficaz, dinamizando a mente dos alunos, inspirando-os e abrindo-lhes novas perspectivas de estudo e de vida.

O método, em si mesmo, não constitui garantia de um ensino eficiente. Para sê-lo, precisa ser vitalizado e dinamizado pela personalidade do professor com seu entusiasmo, sua habilidade e dedicação.

### *Questões para Reflexão*

1. *O que é método didático? Como utilizá-lo de modo eficiente?*

2. *Que tipo de método você utiliza em sua prática docente?*

3. *O que difere o método tradicional dos demais?*

4. *Você costuma alternar o método expositivo com outros mais criativos?*

# 7 Capítulo

# Como Tornar o Ensino Dinâmico e Produtivo

**Sumário**



## Objetivos do Capítulo

✓ *Analisar os procedimentos didáticos criativos aplicáveis à Educação Cristã.*

✓ *Incentivar a participação ativa dos alunos no processo de ensino-aprendizagem.*

✓ *Conscientizar o professor acerca da urgente necessidade de planejar suas aulas com antecedência.*

# Capítulo 7

# Como Tornar o Ensino Dinâmico e Produtivo

"Não existe um só método que tenha dado o mesmo resultado com todos os alunos. O ensino torna-se mais eficaz quando o professor conhece a natureza das diferenças entre seus alunos."

*J. McKeachie Wilbert*

## Introdução

Ao contrário do que se pensa, lecionar pode ser um grande desafio. Basta ser criativo, dinâmico e empreendedor. Um bom professor nunca fica satisfeito com seu trabalho. Procura sempre melhorar seu desempenho. Vive na busca constante do novo, de como criar novas expectativas em seus alunos. O ensino dinâmico e produtivo é aquele que provoca nos alunos uma sensação de intensa vontade de aprender. O que precisa o professor fazer para empreender este tipo de ensino? Vejamos:

# I. Conheça o Potencial de sua Classe

## 1. Conheça seus alunos

Conhecer a realidade do aluno é indispensável a qualquer professor que tenha por principal meta a eficácia e a produtividade do seu ensino. Saber o nome completo e onde o aluno mora é apenas o início de uma sondagem que deverá aprofundar-se à medida que o professor conquista a confiança e o privilégio de ser para o educando muito mais que um mero instrutor – um educador.

Se o professor, de fato, pretende um diagnóstico perfeito e seguro, terá de fazer questionamentos bem mais específicos, ou seja, deverá coletar dados que abarquem, pelo menos, os principais aspectos e setores da vida do aluno e não apenas generalidades. Observe algumas questões específicas:

> "Você sabe como seus alunos se relacionam com a comunidade onde vivem?"
> "Conhece seus interesses, suas dificuldades e dúvidas?"
> "Sabe algo sobre seu desempenho nos estudos seculares ou no trabalho?"
> "Mantém boas relações com suas famílias?"
> "Conhece algum problema em particular em suas vidas?"
> "O que poderia dizer sobre seus testemunhos?
> "Há alguma coisa especial de que necessitam?"
> "Você está disposto a passar mais tempo com eles para guiá-los, instruí-los, consolá-los e desfrutar de sua amizade?"
> "Tem você orado com e por eles?"

A realidade é que cada uma dessas circunstâncias afetará, em maior ou menor grau, a atitude e o aproveitamento dos alunos no estudo de cada lição.

Caro professor, se realmente pretendes conhecer e conquistar seus alunos mediante o ensino da Palavra de Deus, com o propósito de torná-los crentes maduros, convictos e diligentes, aconselho-te que respondas positivamente todas essas questões.

## 2. Avalie previamente o potencial de sua classe

Para avaliar o nível de conhecimento de seus alunos em relação aos novos conteúdos de cada lição ou trimestre é recomendável que se faça um pré-teste, isto é, uma avaliação do grau de conhecimento da turma acerca do tema que se pretende desenvolver.

Imaginemos que o propósito principal da lição seja introduzir a Epístola de Tiago. Como você iniciaria esta aula? Como selecionaria o conteúdo a fim de tornar a aula interessante e participativa? Que tipo de informação a respeito do tema prenderia a atenção dos alunos? Sabem eles alguma coisa sobre o assunto? Conhecem algo pertinente ao ministério e à vida do apóstolo? Leram essa epístola pelo menos uma vez?

Em razão de tantas interrogações, a melhor maneira de introduzir um novo tema é perguntar aos próprios alunos o que sabem a respeito dele. Por exemplo:

"Quem foi Tiago?"
"O que diz a Bíblia sobre o seu ministério?"
"De que forma morreu?"
"Qual o assunto principal e o propósito de sua epístola?"

Através das respostas desse pequeno questionário, estará o professor coletando dados importantes que consistirão em relevante diagnóstico da classe. A partir daí, ele poderá selecionar subsídios que enriquecerão as lições e determinarão quais procedimentos e recursos são mais adequados para alcançar seus objetivos.

## II. Planeje suas Aulas com Antecedência

Para que o ensino seja relevante e produtivo é de suma importância que o professor planeje suas aulas com bastante antecedência, isto é, diariamente, do início ao término da semana, e não nas últimas horas que prenunciam a aula dominical. O educador cristão deverá saber antecipadamente o que vai propor, o que vai exigir e o que vai oferecer aos seus alunos. Os resultados de suas investidas na área educacional serão contabilizados para a eternidade. Observe os seguintes conselhos práticos:

### 1. Estabeleça metas visando sua "população alvo"

O preparo da lição faz parte dos deveres do professor, que deve cumpri-los visando as necessidades do aluno, e não as suas. Quem são seus alunos? O que eles precisam realmente? O que interessa a um aluno adulto pode não despertar a atenção de um jovem, de um adolescente ou criança. Planejar a aula sem levar isto em consideração, é ficar diante da classe "pregando no deserto". O preparo antecipado da lição evita distorções neste sentido.

Ao preparar a lição o professor deve ter em mente pelo menos três propósitos específicos de acordo com a faixa etária:

a) O que desejo que meus alunos aprendam?
b) O que desejo que meus alunos sintam?
c) O que desejo que meus alunos façam?

## 2. Prepare o esboço da lição em um cartaz

Antes de confeccionar o cartaz pense nas seguintes possibilidades: Como será o *layout*? Que tipo e tamanho de letra vou usar? Quais as cores? Devo ilustrá-lo com figuras?

## 3. Comece o estudo da lição no primeiro dia semana

Iniciando seus estudos no primeiro dia da semana, você terá a semana inteira para orar, meditar nas passagens bíblicas e permitir que o Espírito de Deus aja em sua mente e coração.

## 4. Selecione os recursos e procedimentos didáticos a serem utilizados

É preciso pensar nas atividades que serão desenvolvidas durante a aula antes de selecionar o material de apoio. Todos os procedimentos e recursos deverão estar explícitos no seu plano de aula. Caso deseje ilustrar um ponto da lição utilizando um objeto qualquer, deverá pensar em que momento da aula irá utilizá-lo.

## 5. Selecione as fontes de ilustrações antecipadamente

Seu jornal diário ou revista semanal pode tornar-se excelente fonte de ilustração. Habitue-se em levar "recortes" para a sala de aula. Esse simples procedimento causará motivação e interesse em toda a classe.

## 6. Elabore em casa as perguntas que pretende fazer durante a aula

É necessário tempo para refletir: Que tipo de pergunta deverei fazer? Estimuladoras? Reforçadoras? Desencadeadoras? Esclarecedoras? Quais possíveis respostas obterei? Vou escrever as perguntas no quadro-de-giz, em tiras de papel ou enunciá-las oralmente?

## 7. Estude a lição

O professor John Milton Gregory em seu famoso livro As Sete Leis do Ensino, relaciona algumas regras importantes para o estudo do professor.

- Estudar a lição até que ela se torne a forma da linguagem familiar. O que resulta do pensamento claro é o discurso claro, o falar claramente.
- Achar a ordem natural dos vários passos ou fases da lição.
- Achar as relações que a lição tem com a vida dos alunos. O valor prático da lição está fundamentado nessas relações.
- Usar livremente todos os meios legítimos e, nunca descansar enquanto a verdadeira compreensão não estiver bem clara na mente.
- Lembrar sempre que o domínio completo de poucas coisas é melhor do que o ineficiente conhecimento de muitas coisas superficialmente.
- Consagrar tempo certo ao estudo de cada lição, antes de lecionar.
- Fazer um plano de estudo, e não hesitar, quando necessário, em estudar além do plano. O melhor exercício mnemônico é perguntar e responder estas coisas a respeito da lição: Quê? Como? Por quê?
- Não deixar de buscar a ajuda de bons livros que tratem do assunto de suas lições.
- Se possível, conversar sobre a lição com um amigo; o encontro de idéias muitas vezes traz luz. Não podendo conseguir ajuda, escrever suas idéias, pois que, expressando-as por escrito, poderá aclarar seus pensamentos.

## 8. Pratique sua aula

Sua aula, como qualquer outra ação, melhorará com o treino. Muitos professores se inteiram do assunto, mas só treinam uma vez, exatamente quando ela é dada, diante dos alunos. Não é de admirar que aconteçam tantos problemas de ritmo, sincronia e contratempo.

Só há uma maneira de evitar tais desastres: treine antes. Dê aula em casa para o seu cônjuge ou filhos, ou, na falta deles, para o espelho.

## 9. O que fazer especificamente em cada dia?

***Domingo:***

*Ler* – Leia a lição da semana e faça um estudo amplo de todo o texto. Prepare os recursos visuais que deseja usar.

***Segunda:***

*Fazer um sumário* – Leia novamente o texto bíblico e decore o Texto Áureo e a Verdade Prática. Leia várias vezes os Objetivos e faça um resumo da lição.

***Terça:***

*Situar a lição historicamente* – Releia toda a lição e recorde o texto bíblico. Verifique o momento histórico do texto:

Que acontecia ao mundo na época relacionada com o texto?

***Quarta:***

*Destacar os principais personagens* – Releia a lição e escreva o nome de todos os personagens mencionados. Leia tudo o que puder a respeito de cada um. Estude maneiras interessantes de apresentá-los à classe, de modo que os alunos venham a pensar neles como gente de carne e osso.

***Quinta:***

*Situar a lição geograficamente* – Estude os lugares mencionados na lição. Aprenda a pronunciar seus nomes corretamente. Pegue um bom mapa bíblico, procure esses lugares e localize cada um.

***Sexta:***

*Destacar os principais fatos* – Releia a lição com todo o cuidado. Note, principalmente, os fatos que se relacionam com Cristo.

***Sábado:***

*Aplicação* – Releia suas anotações sobre a lição. Como irá aplicar a lição em sua vida? Como deseja que seus alunos apliquem a lição à vida deles?

***Domingo:***

*Dedicar-se à oração* – Ore antes de ensinar.

Planejando com antecedência, as idéias e os materiais necessários para as atividades de ensino vão surgindo progressivamente, sem aqueles atropelos de última hora. No Domingo você estará preparado, com concepções criativas e concretas para o desenvolvimento da sua aula.

## III. Incentive a Participação Ativa de seus Alunos

### 1. Melhore a comunicação com seus alunos

A comunicação entre o professor e a classe deve ser bilateral ou multilateral, nunca unilateral. Em outras palavras, os alunos precisam expressar livremente suas opiniões, idéias e sentimentos. Portanto, é aconselhável que o mestre promova entre eles debates, discussões e trabalhos em grupo, incentivando a troca de experiências e informações. Alguns professores temem que seus alunos não retenham, através da discussão, por exemplo, informações suficientes e substanciosas. Ou não compreendam os principais conceitos da matéria com a mesma segurança que conseguiriam mediante uma boa exposição oral. Outros pensam simplesmente que o trabalho em grupo toma muito tempo. Entretanto, a grande maioria dos técnicos educacionais concordam que a comunicação multilateral dinamiza as aulas através do envolvimento de toda a classe no processo ensino-aprendizagem.

Todo ensino deve ser dinâmico e toda aprendizagem não pode deixar de ser ativa, pois ela somente se realiza pelo esforço pessoal do aprendiz. O professor deve solicitar, quer no início, quer no decurso de qualquer aula, a opinião, a colaboração, a iniciativa e o trabalho do próprio aluno.

Seja um comunicador dialogal e não um mero transmissor unilateral! Este assunto será tratado detalhadamente em outro capítulo.

## 2. Compreenda, respeite e valorize seus alunos como pessoa

O professor deve ouvir e dialogar com seus alunos, levantando suas necessidades, procurando atendê-las dentro do possível, dedicando-lhes tempo fora da classe da Escola Dominical.

Há professores que se colocam num pedestal julgando-se "donos do saber". Tais professores se esquecem que seus alunos, independente da "escolarização", possuem experiências de vida dignas de serem compartilhadas. O conhecimento que possuem, embora às vezes assistemático, constitui matéria indispensável para o enriquecimento do conteúdo da aula.

O professor jamais pode subestimar seus alunos. Deve tratá-los com respeito, valorizando sempre suas participações e compartilhamento de idéias. Todo professor deve conhecer e praticar o princípio do respeito e igualdade. Quando o aluno percebe que seu professor o respeita, sente-se aceito e desenvolve um relacionamento de apreço e admiração com ele. Vendo-se no mesmo nível, o aluno expressa-se com mais facilidade, fica à vontade para expor suas dúvidas, fazer perguntas e conversar sobre suas idéias. Sente-se valorizado. Acredita que o professor não irá censurá-lo ou constrangê-lo com julgamentos sobre sua capacidade intelectual, mas irá ajudá-lo a expressar-se melhor.

### 3. Faça com que seus alunos sintam-se parte de um grupo

Dentre as muitas funções do professor, destaca-se a de "socializador". Inclusive, a própria educação e o ensino são fenômenos de interação psicológica e comunicação social. A possibilidade de uma pessoa relacionar-se bem com sua família, ou com um grupo de amigos, dá-lhe segurança, ajuda a combater a solidão e favorece o crescimento espiritual. Às vezes, imaginamos tendenciosamente, que nossos alunos só precisam do conhecimento bíblico para o pronto ingresso na obra do Senhor. Olvidamos suas carências sociais e afetivas, dificuldades de relacionamento e necessidade de cultivar amizades sinceras. Isto é um erro grosseiro! O professor deve propiciar um clima de amizade entre os alunos. Não é suficiente o contato que tem com eles durante a aula na Escola Dominical. O mestre precisa oferecer um meio-ambiente favorável para um inter-relacionamento onde haja compreensão e possam compartilhar idéias, aspirações e verdades aprendidas na Palavra de Deus.

Observando as palavras de Paulo em Efésios 4.3 "Até que todos cheguemos..." verificamos que o meio-ambiente propício ao crescimento espiritual é encontrado no contexto da comunhão cristã.

## 4. Ensine com entusiasmo

Seja simples e direto ao ensinar, porém, entusiasmado. O que é entusiasmo? Na Antigüidade, segundo os dicionários, esta expressão significava a exaltação ou arrebatamento daqueles que estavam sob inspiração divina. Hoje, o sentido parece continuar com o mesmo teor. Uma pessoa entusiasmada é aquela que possui exaltação criadora, dedicação ardente em tudo que faz e sempre fala com veemência, vigor e paixão.

Um entusiasmo verdadeiro irá contagiar os alunos. Você costuma preparar a lição com alegria? Estuda e ensina para seu próprio benefício e bênção espiritual, assim como para o benefício de sua classe? Você se sente feliz e radiante quando a classe está reunida para o estudo da lição? Se você demonstrar entusiasmo, os alunos farão o mesmo. Caso contrário, o desânimo será generalizado.

## 5. Utilize linguagem simples

Como deve ser a linguagem do professor? Para transmitir bem a mensagem e facilitar a compreensão do aluno, a linguagem do educador deve primar pela clareza, simplicidade e acessibilidade. Deve ser fluente, porém, relativamente pausada.

A voz deve ser agradável, bem audível. E a dicção, a mais perfeita possível.

A clareza da exposição depende essencialmente da clareza da idéia. Se o professor não tem domínio do assunto e se sente titubeante e confuso, jamais se expressará com limpidez e apresentará de forma ordenada os fatos e argumentos.

A acessibilidade relaciona-se com os termos que empregamos. Palavras pouco usadas, neologismos e excesso de termos técnicos e teológicos dificultam a recepção da mensagem, tornando-a até incompreensível para certos alunos, ou mesmo para toda a classe. Todavia, o professor deve, por meio de sua linguagem, melhorar e enriquecer a de seus alunos. Observe as seguintes orientações:

— Use sentenças curtas.
— Prefira a palavra mais simples à mais complexa.
— Escolha palavras mais familiares.
— Evite palavras desnecessárias.
— Coloque ação em seus verbos.
— Escreva como você fala.
— Use termos que seus alunos possam visualizar.
— Use variedade com profusão.
— Escreva para se expressar, não para impressionar.

## 6. Use um vocabulário adequado à boa comunicação

Muitos professores não obtêm bons resultados em sua prática docente por serem deficientes comunicadores. Uma dessas carências é a má administração do vocabulário. Se por um lado há professores que utilizam constantemente conceitos ou termos que ainda não existem na experiência dos alunos, dificultando sua aprendizagem, por outro, existem aqueles que não se preocupam em ampliar o vocabulário deles. Ambos os casos constituem extremos negativos à comunicação. No primeiro, temos o professor que utiliza conceitos e termos desconhecidos para os alunos sem a preocupação de esclarecer-lhes o sentido ou o significado. No segundo, igualmente negativo, temos o professor que, temendo demonstrar erudição, despreza os termos novos ou pouco usados. Tentar conciliar os dois procedimentos, certamente é a melhor receita para uma ótima comunicação. O professor deve, sempre que necessário, usar vocábulos *novos,* desconhecidos para enriquecer o vocabulário dos alunos sem ocultar-lhes o significado e o sentido pleno dos mesmos.

Um bom exercício é pedir aos alunos para sublinharem, na lição, todas as palavras das quais desconhecem o significado. Em seguida, relacionar esses vocábulos no quadro-de-giz, acompanhados do seu significado.

## 7. Ao lecionar observe a seguinte norma didática: explanação, demonstração e aplicação

O *Manual da Escola Dominical*, editado pela CPAD, em referência às leis do ensino, relaciona as reais circunstâncias que possibilitam a aprendizagem do aluno: o educando normalmente aprende "quando motivado, quando gosta, necessita, vê fazer (pela demonstração e exemplo) e, também, quando lhe é facultada a oportunidade de realizar". Dessa forma podemos concluir que o resultado da aprendizagem depende essencialmente da integração professor-aluno.

Supondo mais uma vez que a lição baseia-se na Epístola de Tiago, proceda do seguinte modo:

Escreva no quadro de giz, ou numa cartolina, duas conhecidas abordagens sobre fé e obras expostas no Novo Testamento, a saber, a de Tiago apresentada em sua epístola, e a de Paulo exposta principalmente no cap.4 de sua carta aos Romanos.

Agora, peça a seus alunos, ainda utilizando o recurso do quadro-de-giz, que comparem e estabeleçam as diferenças e semelhanças entre ambas. Esta simples atividade ajudará seus alunos a inserirem-se no processo ensino-aprendizagem.

## 8. Dê chance aos alunos questionadores

O professor deve valorizar a participação dos alunos em classe. As perguntas, por exemplo, devem ser sempre bem-vindas. Ao professor cabe provocar e até pedir a intervenção dos alunos, seja para demonstrarem que entenderam a matéria, seja para demonstrarem que não entenderam. Além de que, é sabido que os alunos "perguntadores" são, muitas vezes, os mais ativos e interessados no estudo. Os que nada ou pouco perguntam são quase sempre os que, por menos curiosos ou menos interessados, não sentem necessidade de clareza. De qualquer modo, toda intervenção, objeção ou pedido de esclarecimento constitui preciosa colaboração dada ao professor. Sempre que o problema é proposto por um aluno, a classe manifesta maior interesse pela resposta.

### 9. Cultive sempre o senso de "novidade"

O professor deve criar um ambiente de constante expectativa do "novo", do atraente, da curiosidade. O aluno quer livrar-se do tédio e da monotonia. Ele deseja entrar em atividade e demonstrar que é habilidoso e criativo.

O conteúdo das lições, por mais enriquecedor e profundo que seja, não é suficiente, até mesmo em função do pouco espaço para desenvolvê-lo. Os alunos sempre esperam que o professor transmita à classe informações complementares.

O mestre que simplesmente reproduz, enfadonha e rotineiramente o conteúdo da revista, sem empreender o esforço da pesquisa, está irremediavelmente fadado ao fracasso.

### 10. Domine o conteúdo da lição

Muitos professores por não dominarem o conteúdo, chegam até a ser intransigentes, acolhendo com olhar de desagrado a mínima participação da classe, ou interrupção de sua aula. Temem, na verdade, que o aluno faça perguntas que não estejam atreladas direta ou indiretamente às suas idéias pré-concebidas ou estruturas mentais arrumadas. Isto evidencia, indubitavelmente, total despreparo e descuido com a prática de ensino. Conforme ensina o educador cristão John Milton Gregory: "O professor deve conhecer muito bem o assunto que está ensinando. Um fraco domínio do conteúdo resulta num ensino deficiente". A Palavra de Deus diz que aqueles que possuem o dom de ensinar devem esmerar-se em fazê-lo (Rm 12.7b).

## IV. Diversifique seus Procedimentos de Ensino

### 1. Escolha os métodos apropriados

Qual é o melhor método? Como já foi dito no capítulo anterior, nenhum método é mais eficiente que outro. Cada um tem seu lugar e seu propósito. Provavelmente uma combinação de dois ou mais métodos seja o melhor procedimento, desde que estejam adequados aos objetivos específicos de cada aula.

### 2. Visualize suas aulas

A visualização de palavras, conceitos e idéias, constituem fatores essenciais à aquisição e, principalmente, à retenção da aprendizagem. Muitas pessoas têm dificuldade de conceber estruturas mentais abstratas, só conseguem compreender e fixar aquilo que se relaciona diretamente com a realidade.

*a) Exemplo:*

Suponhamos que o tema da lição seja: "Os sete passos para a vitória sobre a tentação".

*a) Procedimento:*

Escreva em uma folha de cartolina ou no quadro-de-giz os sete passos para a vitória na tentação. Primeiro faça um breve comentário sobre o tema. Depois, escolha sete alunos de sua classe e peça-os que expliquem o significado de cada passo. Você poderá, neste momento, complementar o assunto a partir da resposta deles. Procure valorizá-los informando-lhes da importância de estarem cooperando. Esta interação professor-aluno suscitará interesse em toda a classe.

### 3. Recapitule as aulas anteriores

Recapitular as lições é sumamente importante para garantir a concatenação e nível de retenção dos conteúdos do ensino. Pois através desta ação docente, o professor estabelecerá "elos" para garantir a integração das partes (cada lição) com o todo. Quando pontos importantes são recapitulados, reforça-se o aprendizado de conceitos-chave. Este procedimento, tanto pode ser feito no final de cada aula, como no término de cada trimestre.

*a) Recapitular envolve três tempos:*

Explica o que vai ser estudado; reforça o que está sendo ensinado e revisa o que foi ensinado.

*b) Quando recapitular?*

Segundo o educador cristão norte americano Bill keyes, a recapitulação pode ser feita em quatro fases da aula: No início da aula, após cada ponto importante, ao final da lição ou no término de uma série de lições sobre um mesmo tema.

- **No Início da Aula**

  As primeiras palavras no início da lição podem ser uma espécie de recapitulação. Comece com algo que seja conhecido... a lição do domingo anterior.

  Há professores que preferem atribuir à classe o dever de, no início de cada aula, apresentar uma breve recapitulação oral das idéias essenciais da última lição realizada. Funciona da seguinte maneira: dois ou mais alunos, que se apresentarão voluntariamente ou indicados pelo professor, farão a cada Domingo, nos cinco minutos iniciais da aula, um "apanhado" do conteúdo da aula anterior. Esse "apanhado" deverá evidenciar no mínimo três coisas importantes:

– que os alunos estão conscientes da unidade de ensino em desenvolvimento;
– que percebem os objetivos e concatenação dos temas;
– que distinguem neles o essencial do pormenor ocasional ou ilustrativo.

- **Recapitule cada ponto importante após sua exposição**
  Se os pensamentos estiverem na ordem certa e seguirem a lógica, os alunos devem conseguir entender a idéia do ponto A, antes que o professor passe ao ponto B.

- **Ao final da lição**
  O aluno precisa enxergar o assunto inteiro de uma só vez – compreender a idéia central ou conceito principal da lição. É por isso que o professor deve fazer uma recapitulação breve, mas completa, dos pontos principais, mostrando como eles se relacionam com o tema central da lição.

- **Ao terminar uma série de lições sobre um mesmo tema**
  De modo geral, as lições se baseiam em grandes temas bíblicos. O professor deve recapitular lições anteriores para

relacionar as verdades ensinadas no passado às que os alunos estão aprendendo no presente.

*c)Procedimento:*

Faça um questionário contendo treze perguntas que envolvam o conteúdo de cada lição do trimestre. Escreva em tiras de papel ou cartolina frases curtas sobre os principais assuntos abordados. A seguir, distribua os papéis entre os alunos e peça-lhes que façam comentários. No final da aula reúna todas as informações recebidas e faça uma síntese.

## 4. Ilustre suas aulas

Durante as aulas faça ilustrações com fatos e idéias que sejam familiares aos alunos. As ilustrações devem ser mais claras que a verdade retratada. Elas devem interessar ao aluno, estar relacionadas à sua experiência e rigorosamente relacionadas com a lição. Evite as que possam sugerir más idéias. Procure ilustrar suas aulas utilizando as seguintes fontes:

*a) Pequenas histórias ou ilustrações escritas.*

Existem livros que ilustram diversos temas; e outros que citam o que alguém disse a respeito de determinado assunto. As enciclopédias são excelentes fontes de ilustrações.

*b) Ilustre com exemplo.*

Exemplificar adequadamente é de fundamental importância no ensino porque por meio do exemplo pode-se conduzir a idéias e pensamentos claros, significativos e bem estruturados. Se estamos discutindo ou argumentando com alguém, quando os conceitos e as idéias em questão não estão bem claros, o uso de exemplos possibilitará maior clareza e mais entendimento.

*c) Recortes de jornais e revistas.*

O professor deve ficar atento a qualquer coisa do seu dia-a-dia que sirva de ilustração para sua aula.

*d) Hinos.*

Mesmo que o hino não possa ser cantado em classe, sua letra poderá ilustrar o que o professor quer dizer.

*e) Testemunho pessoal.*

Esse tipo de ilustração não deve ser usado excessivamente. O professor deve ter cuidado para não dispersar-se do conteúdo essencial da lição.

Você também pode ilustrar suas aulas, utilizando-se de: cartazes, gráficos, desenhos, figuras, gravuras, objetos, mapas bíblicos etc.

## V. Incentive seus Alunos a Estudar a Lição em Casa

Seus alunos estão cientes da importância de se prepararem para as aulas dominicais? Eles sabem que precisam estudar as lições com antecedência?

Há alunos que só têm contato com a lição nos últimos minutos antes do início da aula ou até mesmo durante a aula. Incentive seus alunos a estudar as lições ao longo da semana, a fim de estarem familiarizados com o conteúdo e aptos para participar ativamente das aulas, elaborando questões de interesse de toda a classe. Se todos estiverem afinados com o tema e o propósito das lições, as aulas serão mais dinâmicas e interessantes.

### 1. Estimule em seus alunos o hábito de estudar

É possível que alguns de seus alunos encontrem dificuldades no estudo da Bíblia por não terem o hábito de estudar. Há aqueles que nunca foram incentivados ou sequer tiveram oportunidade de estudar antes de conhecer o evangelho de Cristo. É importante que eles aprendam a estudar. Às vezes estudamos muito e retemos pouco ou nada. Isto em parte acontece pelo fato de estudarmos sem ordem e método.

*a) Qual o objetivo do estudo?*

O estudo visa levar o aluno a alcançar compreensão, obter informes ou conseguir eficiência em uma habilidade, referentes a um fato. Pode-se dizer, também, que o estudo é uma atividade mental provocada por uma situação problemática, de natureza variada, que o aluno se propõe a resolver, superar, dominar.

*b) O que é estudar?*

Estudar consiste, pois, no processo de concentrar toda atenção em um fato, assunto ou objeto, com o fim de apreender-lhe a essência, funcionalidade, utilização, relações de causa e conseqüências. Estudar exige do aluno as seguintes aptidões intelectuais: aprender a ver, ouvir, redigir, ler, memorizar e raciocinar. Dê a eles as seguintes orientações:

- Ore ao Senhor dando-lhe graças e suplicando sua direção e iluminação.
- Tenha à mão todo o material de estudo: Bíblia, revista, dicionário bíblico, atlas geográfico, concordância, caderno para apontamentos etc.
- Leia toda a unidade ou seção indicada pelo professor. Procure obter uma visão global da mesma e o propósito do escritor.
- Leia outra vez a mesma unidade. À medida que for estudando, sublinhe palavras, frases e trechos-chave. Faça anotações nas margens do caderno ou revista.
- Feche a revista e tente recompor de memória as divisões

principais da unidade de estudo. Não conseguindo, abra a revista e veja.

- Repita o passo anterior.
- Sem consultar a revista, responda todas as perguntas do questionário. Em seguida consulte a matéria para ver se as respostas estão completas e corretas.

## 2. Estimule seus alunos a estudarem por meio de esquemas

O esquema facilita a assimilação do conteúdo e estimula a capacidade de síntese, permitindo ao aluno compreender e refletir amplamente sobre o texto.

*a)Exemplo:*

Suponhamos que o estudo tenha por base a Epístola aos Efésios.

*b)Procedimento:*

Peça a seus alunos que leiam em casa os seis capítulos da epístola aos Efésios e preparem para a próxima aula um esboço, diferente do proposto pela revista da Escola Dominical. Note bem: Eles deverão saber que este esboço, terá de traduzir em essência o assunto principal da epístola. Observe o exemplo:

I. A natureza gloriosa da salvação (1.1-23).
II. A unidade de todos os que crêem em Cristo (2.1-22).
III. O ministério do amor de Cristo (3.1-21).
IV. A natureza da vida cristã (4.1-6.24).

## 3. Estimule seus alunos a estudar comparando os textos

O estudo correlativo das Escrituras é excelente para desenvolver a capacidade de análise e síntese de seus alunos. Ou seja, eles terão condições de raciocinar com logicismo e independência.

Esta autonomia lhes permitirá executar tarefas importantes no processo ensino-aprendizagem.

*a)Exemplo:*

No Novo Testamento encontramos três listas de dons. Proponha à turma como exercício, a comparação destas três listas. Proceda do seguinte modo:

Divida a turma em três grupos: O primeiro ficará com a responsabilidade de enumerar os dons listados em Efésios 4. O segundo se ocupará com a relação de Romanos 12 e o terceiro, a de I Coríntios 12. As listas deverão ser comparadas e as semelhanças e diferenças anotadas. Para esta atividade utilize o quadro-de-giz. Divida o espaço do quadro em três partes. Cada grupo deverá usar o espaço a ele reservado. É interessante que haja a participação de toda a classe.

## 4. Estimule seus alunos a fazer anotações durante as aulas

Grande parte do conteúdo ministrado em classe é esquecido pouco tempo depois. O único modo de assegurar aos alunos um melhor aproveitamento é criar neles o hábito de fazer anotações durante as aulas. Assim, abaixo seguem algumas normas práticas:

Anotar, durante as aulas, os elementos fundamentais, resumidamente, sem a preocupação de registrar tudo, mas sim, o que for essencial e com o cuidado de não perder o "fio da meada". Em caso de dúvidas, perguntar imediatamente. E se isso não for possível no momento, anotar as mesmas a fim de pedir esclarecimentos na primeira oportunidade. É preferível esclarecer uma dúvida logo do que guardá-la e deixá-la crescer com outras que, fatalmente, virão.

O professor, principalmente em aulas expositivas, deve orientar a tomada de notas. E em qualquer outro tipo de aula, o professor deve, sempre, alertar o que de fundamental esteja sendo tratado e que vale a pena anotar.

## Conclusão

Nossos alunos precisam saber que são produtivos e podem compartilhar suas idéias e experiências. Essas experiências, consideradas conteúdo dinâmico, podem até influenciar positivamente no amadurecimento de outras pessoas. Isto porque, geralmente, o aluno aprende quando suas necessidades são satisfeitas ou quando o objeto de estudo possui significado pessoal para ele. Caso contrário, se vier a freqüentar as aulas, será simplesmente para cumprir um protocolo eclesiástico. Ou, quem sabe, arranjar uma boa ocupação para as manhãs de domingo.

Você sente a chamada de Deus para essa obra? Reconhece a importância de sua tarefa? Esforça-se para seguir o exemplo de Jesus, o Mestre dos mestres? Ser professor é diferente de simplesmente ocupar um cargo.

### Questões para Reflexão

1. *Você conhece seus alunos individualmente? Conhece suas dificuldades e potencialidades?*

2. *Em suma, em que consiste o ensino dinâmico e produtivo? O que fazer para empreendê-lo?*

3. *Você sempre ilustra suas aulas? Quais recursos você utiliza?*

4. *Quais métodos de ensino você costuma combinar a fim de tornar suas aulas mais atraentes?*

5. *Seus alunos têm o hábito de estudar as lições em casa? Você os incentiva neste sentido?*

# 8 Capítulo

# Como Planejar o Ensino

**Sumário**

Introdução

I. Em que consiste o planejamento de ensino
II. Etapas do planejamento
III. Como elaborar um plano de aula

Conclusão
Questões para Reflexão

## Objetivos do Capítulo

✓ *Introduzir o professor no exercício do planejamento didático visando a realidade do ensino na igreja.*

✓ *Incentivar o mestre a planejar suas aulas tendo em vista alcançar melhores resultados em sua prática docente.*

# Capítulo 8

# Como Planejar o Ensino

> "Os dois grandes males que debilitam o ensino e restringem seu rendimento são: a rotina, sem inspiração nem objetivo e a improvisação dispersiva, confusa e sem ordem. O melhor remédio contra esses dois grandes males é o planejamento."
>
> *Luiz Alves de Mattos*

## Introdução

Alguém já disse que "Prever é a melhor garantia para bem governar o curso futuro dos acontecimentos"; "O plano de ação é o instrumento mais eficaz para o sucesso de um empreendimento." "Prever é agir". É o primeiro passo obrigatório de toda ação construtiva e inteligente. Pelo planejamento, o homem evita ser vencido pelas circunstâncias, e aprende a aproveitar as novas oportunidades. O planejamento é imprescindível em qualquer atividade humana, especialmente no que diz respeito à educação. Nesta área, ele se concretiza num programa de ação que constitui um roteiro seguro para conduzir progressivamente os alunos aos resultados desejados.

## I. Em que Consiste o Planejamento de Ensino

Em relação ao ensino, planejar significa prever de modo inteligente e bem calculado todas as etapas do trabalho escolar e programar racionalmente todas as atividades, de modo seguro, econômico e eficiente. Em outras palavras, planejamento é a aplicação da investigação científica à realidade educacional a fim de melhorar a eficiência do trabalho de ensino.

### 1. Características de um bom planejamento

*a) Unidade.*

No planejamento, é fundamental fazer convergir todas as atividades para a conquista dos objetivos visados; eles são a garantia de unidade da operação docente.

*b) Continuidade.*

Sem planejar o professor corre o risco de perder o fio da meada, dispersando-se e valorizando pontos secundários em detrimento de pontos prioritários da matéria. O professor precisa prever todas as etapas do trabalho em pauta, desde a inicial até a final.

*c) Flexibilidade.*

Se durante a execução do planejamento, o professor perceber a impossibilidade de cumpri-lo em razão de um imprevisto qualquer, poderá alterá-lo sem problema, desde que não se distancie dos principais objetivos. O plano, mesmo em marcha, pode ser modificado ou reajustado sem quebra de sua unidade e continuidade.

*d) Objetividade e realismo.*

O plano deve ser objetivo e estar baseado nas condições reais e imediatas de local, tempo, recursos, capacidade e preparo de seus alunos. De que adianta planejar a utilização de recursos didáticos de alta tecnologia se na sua Escola Dominical não há possibilidade sequer de ter um quadro-de-giz? Se esse for o caso, o planejamento, baseado na irrealidade, só causará frustração.

*e) Precisão e clareza.*

É preciso caprichar nos enunciados do planejamento. O estilo deve ser sóbrio, claro, preciso, com indicações bem exatas e sugestões bem concretas para o trabalho a ser realizado. Um planejamento com enunciados mal elaborados, poderá dificultar a tomada de decisão.

## II. Etapas do Planejamento

### 1. Conhecimento da realidade

Para planejar adequadamente a tarefa de ensino e atender às necessidades do aluno, é preciso, antes de mais nada, saber para quem se vai planejar. Por isso, conhecer o aluno e seu ambiente é a primeira etapa do processo de planejamento. É preciso saber quais são suas aspirações, frustrações, necessidades e possibilidades. Este trabalho é conhecido como sondagem, isto é, uma coleta de dados importantes para um perfeito diagnóstico. Uma vez realizada a sondagem e o diagnóstico, deve o professor estudar cuidadosamente todos as informações reunidas a fim de elaborar com segurança sua estratégia de trabalho.

Sem a sondagem e o diagnóstico corre-se o risco de propor o que é impossível, ou o que não interessa ou, ainda, o que já foi alcançado. Eis algumas perguntas úteis ao planejamento de um curso para novos convertidos: Onde você mora? Com quem vive? Como você se relaciona com a comunidade? Qual era a sua religião antes de aceitar a Cristo como Salvador? É a primeira vez que você se decide ao lado do Senhor? Você já foi membro de alguma igreja evangélica antes? Muitas outras informações poderão ainda ser coletadas: histórico familiar, nível sócio-econômico, cultura, valores étnicos, aptidões, necessidades pessoais, limitações físicas etc. Observe o esquema abaixo.

Sondagem ->Dados coletados ->Diagnóstico = Conhecimento da realidade ->Estratégia de Trabalho

## 2. Elaboração do plano

A partir dos dados fornecidos pela sondagem e interpretados pelo diagnóstico, temos condições de estabelecer o que é possível alcançar, como fazer para alcançar o que julgamos possível e como avaliar os resultados. O planejamento poderá ser elaborado a partir dos seguintes passos:

a) Determinação dos objetivos.
b) Seleção e organização dos conteúdos.
c) Seleção e organização dos procedimentos de ensino.
d) Seleção de recursos.
e) Seleção de procedimentos de avaliação.
f) Estruturação do plano de ensino.

## 3. Execução do plano

Ao elaborarmos um planejamento, antecipamos, de forma organizada, todas as etapas do trabalho de ensino. A execução do plano consiste no desenvolvimento das atividades previstas. Na execução, sempre haverá o elemento não plenamente previsto. Às vezes, a reação dos alunos ou as circunstâncias do ambiente exigirão adaptações e alterações no plano. Isto é normal e não invalida o planejamento, pois, como já dissemos, uma das características de um bom planejamento é a flexibilidade.

### 4. Avaliação e aperfeiçoamento do plano

Ao executar o que foi planejado, necessita o professor avaliar o próprio plano com vistas ao replanejamento. Nesta fase, a avaliação adquire um sentido diferente da verificação do ensino-aprendizagem e um significado mais amplo. Isso porque, além de medir os resultados do ensino-aprendizagem, procuramos avaliar a qualidade do nosso plano, nossa eficiência como professores e, a eficiência do currículo.

Há vários tipos de Planejamento: o educacional, mais amplo, faz parte das incumbências do Governo; o curricular é de responsabilidade das instituições de ensino; os de ensino, unidade e aula, são da alçada de cada professor. Para o fim que desejamos, abordaremos apenas, e de forma sucinta, o planejamento de aula.

## III. Como Elaborar um Plano de Aula

### 1. O que é um plano de aula?

O plano de aula é um instrumento de trabalho que especifica os comportamentos esperados do aluno, os conteúdos, os recursos didáticos e os procedimentos que serão utilizados para sua realização. O plano de aula busca sistematizar todas as atividades que se desenvolvem no período de tempo em que o professor e aluno interagem, numa dinâmica de ensino-aprendizagem.

## 2. A importância do plano de aula

É de estarrecer o que ouvimos nos "bastidores" da Educação Cristã quando o assunto é planejamento: "O que? Planejar aulas? Que nada! É só ler a lição e reproduzir o comentário com outras palavras." Este é o retrato do famigerado e nocivo comodismo. Para alguns professores, o plano de aula consiste em observar três etapas: introdução, desenvolvimento e conclusão. Infelizmente, para outros, sequer isto tem importância. Como se costuma dizer, suas aulas são "sem pé nem cabeça". Estes, quase sempre são surpreendidos com o aviso do superintendente às classes: "Faltam 5 minutos para o término da lição". Só lhes resta queixarem-se com ar de grandeza: "agora que eu estava terminando a introdução!" Isto geralmente acontece em razão de muitos professores ignorarem a relevância e a finalidade do plano de aula. Um bom plano de aula promove a eficiência do ensino, economiza tempo e energia, contribui para a realização dos objetivos visados e, acima de tudo, evita a corroedora rotina e a improvisação.

## 3. Antes de planejar sua aula, o professor deve refletir sobre as seguintes questões:

*a) O que pretendo alcançar?*

Quais são meus objetivos para esta aula específica? Que tipo de comportamento espero observar em meus alunos após esta aula? Será que após a aula terão eles capacidade para escrever, dissertar, responder, debater?

*b) Como alcançar?*

Qual estratégia de trabalho usarei para alcançar meus objetivos? Quais os métodos mais apropriados?

*c) Em quanto tempo?*

Em que prazo executarei as diversas fases do trabalho letivo? Quanto tempo gastarei na introdução da aula? E no desenvolvimento? E na conclusão?

*d) O que fazer e como fazer?*

Qual a melhor maneira de introduzir esta aula? Como posso transmitir o conteúdo desta lição de maneira atraente e interessante? Que tipo de aplicação seria mais eficiente nesta aula? Como concluir essa lição eficazmente a ponto de suscitar no meu aluno o desejo de retornar à classe no Domingo seguinte? Quais procedimentos deverei usar? Quais recursos deverei dispor?

*e) Como avaliar o que foi alcançado?*

Quais instrumentos de avaliação utilizarei? Em que período do processo de ensino deverei avaliar? No início? No meio? No final? Ou em todos?

4. Após refletir sobre as questões acima, precisa o professor executar os seguintes passos:

*a) Identificar o tema da aula.*

O primeiro passo é indicar o tema central da aula.

Tema da aula: "A Biblioteca Divina" – Textos-chaves: Sl 119.103,105; I Pe 2.2.

*b) Estabelecer os objetivos.*

Enfatizando o que dissemos anteriormente, ao planejar, o professor deve ter em mente os objetivos do seu trabalho, isto é, saber para que está planejando. Exemplo: Ao final da aula o aluno será capaz de:

- Identificar as principais divisões da Bíblia.
- Distinguir os livros do Antigo e Novo Testamentos.
- Classificar os livros do Antigo e Novo Testamentos.

*c) Indicar o conteúdo da matéria de ensino.*

Indique os conteúdos que serão objeto de estudo. O que representa este conteúdo? A matéria de ensino basicamente envolve um conjunto estruturado de conhecimentos dispostos com o objetivo de dar ao aluno oportunidade de adquirir um cabedal de informações, e de saber usar funcionalmente o conhecimento desenvolvendo adequados modos de pensá-lo e de aplicá-lo em situações novas. Segundo o educador Horbert Wiener, não é a quantidade de informação emitida que é importante para a ação, "mas antes a qualidade e quantidade de informação capaz de penetrar o suficiente num dispositivo de armazenamento e comunicação, de modo a servir de gatilho para ação."

Em relação ao ensino na Escola Dominical, os conteúdos didáticos são partes integrantes dos comentários das revistas de cada faixa etária.

Como o conteúdo deve ser apresentado no plano? O conteúdo deve ser apresentado em forma de esquemas que facilitem o seu desenvolvimento, pois o plano não deve ter textos extensos a serem lidos pelo professor durante a aula. O professor não deve contentar-se com os esquemas apresentados nas revistas-didáticas, mas, a partir deles, elaborar outro mais rico e mais completo, baseado em suas próprias pesquisas.

Os dados essenciais do conteúdo deverá ser distribuído no plano de forma ordenada, ressaltando sua concatenação e subordinação.

Na elaboração de um plano de aula deve o professor buscar a melhor maneira de comunicar o conhecimento ao aluno, pois o conteúdo da matéria de ensino e o processo de aprendizagem estão intimamente relacionados.

Exemplo de conteúdo de uma lição bíblica:

**I. As divisões da Bíblia**

1. Os dois Testamentos
2. Os livros divididos em seções

**II. Os livros do Antigo Testamento**

1. Como está dividido o Antigo Testamento
   a) O Pentateuco
   b) Livros históricos
   c) Livros poéticos
   d) Livros proféticos

**III. Os livros do Novo Testamento**

1. Como está dividido o Novo Testamento
   a) Biografia
   b) História
   c) Doutrinas
   d) Profecia

*d) Estabelecer os procedimentos de ensino.*

É preciso estabelecer as formas de utilizar o conteúdo selecionado para atingir os objetivos propostos. Sua aula será somente expositiva ou você precisa utilizar outros métodos?

*e) Escolher os recursos didáticos.*

De que forma seus alunos serão estimulados à aprendizagem? Utilizará recursos humanos ou materiais? Quais recursos dispõe sua Escola Dominical? Quadro-de-giz? Retroprojetor? Álbum seriado? Flanelógrafo? Gráficos? Mapas? Reálias? Em que momento da aula pretende utilizar cada recurso previsto?

*f) Escolher o instrumento de avaliação.*

Finalmente, o planejamento da aula deve prever como será feita a avaliação. Não é conveniente propor ao aluno apenas questões que avaliem se ele memorizou ou não alguns conceitos ou definições. Por exemplo: "Quais são os livros históricos da Bíblia?" O ideal é que os alunos manifestem comportamentos que demonstrem claramente sua aprendizagem.

***Exemplo:***

- Peça ao aluno para localizar em sua Bíblia um dos livros históricos.
- Relacione no quadro-de-giz vários livros da Bíblia e peça ao aluno que identifique os que pertencem ao Pentateuco.

## Conclusão

Como podemos observar, ao elaborar o plano de aula, deverá o professor programar todas as suas atividades, isto é, ordená-las e dispô-las em fases sucessivas e bem calculadas.

O plano de aula racionaliza as atividades do professor e do aluno, possibilitando melhores resultados e maior produtividade do ensino.

# Esquema de Plano de Aula

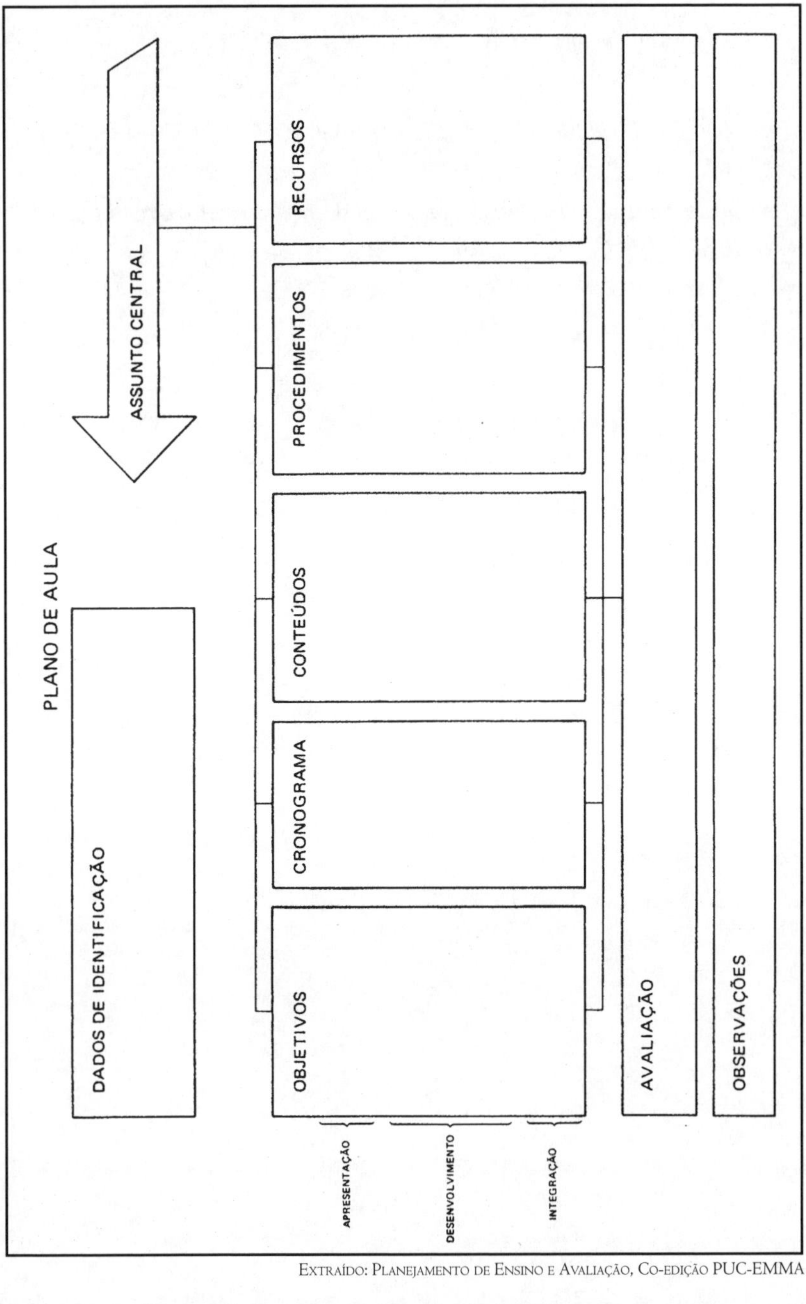


Extraído: Planejamento de Ensino e Avaliação, Co-edição PUC-EMMA

## Questões para Reflexão

*1. Você costuma planejar suas aulas?*

*2. Qual a importância da sondagem no planejamento de ensino?*

*3. Ao planejar sua aula costuma levar em consideração os possíveis contratempos e dificuldades? Com que margem de segurança você planeja?*

*4. O que você tem feito com a finalidade de livrar-se da rotina e improvisação?*

*5. O que você deve fazer se seu plano de aula não funcionar a contento?*

# 9 Capítulo
# Como Incentivar a Aprendizagem

Sumário



## Objetivos do Capítulo

✓ *Listar as principais técnicas incentivadoras da aprendizagem.*

✓ *Estabelecer as diferenças entre motivação e incentivação.*

# Capítulo 9

# Como Incentivar a Aprendizagem

> "A aprendizagem se realiza através da conduta ativa do aluno, que aprende mediante o que ele faz e não o que faz o professor."
>
> *Ralph W. Tyler*

## Introdução

O que é incentivar? Incentivar, em sentido amplo, é o mesmo que incitar ou excitar. É estimular com o objetivo de levar alguém a agir em determinada direção. Na prática docente, dizemos que a incentivação acontece quando o professor estabelece condições que despertam no aluno o desejo de aprender. Entretanto, a existência de tais condições não garante sua eficiência. Somente quando há correspondência entre os incentivos do professor e os motivos do aluno é que se pode afirmar a eficácia dos incentivos. Em outras palavras, nossos esforços, no sentido de incentivar o aluno, terão pouco valor se não forem transformados em motivação. Antes de avançarmos neste importante tema precisamos conhecer claramente o significado do termo aprender.

# I. O que Significa Aprender

Para os dicionaristas aprender significa simplesmente reter na memória o estudo, a observação ou a experiência adquirida em qualquer área do conhecimento humano. Entretanto, devido à sua complexidade, o conceito de aprender vem evoluindo, ao longo dos anos, na consideração de muitos educadores.

## 1. A evolução dos conceitos de aprender

Até o início do século XVI, para a maioria das pessoas, aprender significava simplesmente memorizar. Os professores exigiam que seus alunos decorassem suas lições e fizessem os exercícios sem qualquer questionamento. Isto os tornava passivos, dependentes e inaptos, pois, a memorização de textos e palavras não prepara ninguém para a realidade da vida e seus complexos problemas. Nem tão pouco desenvolve a inteligência, nem aguça o discernimento e a capacidade de reflexão. Ao contrário, a simples memorização tem formado alunos repetidores, que apenas reproduzem automaticamente tudo o que ouvem através de esquemas mentais rígidos e irreversíveis.

A partir do século XVII com a divulgação do trabalho de Comenius, o pai da didática moderna, houve um grande progresso no conceito de aprender. Em detrimento da pura memorização, a aprendizagem passou a ser considerada sob três estágios: compreensão, memorização e aplicação. Dessa forma o ensino passou a ser fortemente expositivo e explicativo.

Hoje verifica-se que a mera explanação verbal do professor não é tão essencial e indispensável para os alunos aprenderem. Ela serve apenas para iniciar a aprendizagem, não para integrá-la levando-a a bom termo. O fato de o professor explicar muito bem a matéria não garante por si só a aprendizagem do aluno. Conforme enfatiza o professor Luiz Alves de Mattos, a aprendizagem é um "processo lento, gradual e complexo de interiorização e de assimilação, no qual a atividade do aluno é fator decisivo. A aprendizagem não é de modo algum, um processo passivo de mera receptividade. É, pelo contrário, um processo eminentemente operativo, em que a atenção, o empenho e o esforço do aluno representam papel central e decisivo." Mattos ainda esclarece: "Os dados do conhecimento devem ser por ele identificados, analisados, re-elaborados e incorporados na sua contextura mental em estruturas definidas e bem coordenadas."

## II. Etapas do Processo de Aprendizagem

Em toda a aprendizagem sistemática, há quatro etapas bem definidas. Estas etapas, não são estanques. Não há um momento preciso no qual podemos dizer que termina uma fase e começa outra. Entretanto, vamos apresentá-las separadamente com o propósito de estudo.

### 1. Sincretismo inicial

No princípio o aluno recebe os novos conhecimentos como noções vagas, confusas e errôneas. Não consegue conceber e distinguir claramente os conceitos novos, por exemplo.

### 2. Focalização analítica

Mais adiante ele passa para uma fase em que cada parte do todo é, por sua vez, examinada, identificada nos seus pormenores e nas suas particularidades. Esta fase é também conhecida como "diferenciação" ou "discriminação".

### 3. Síntese integradora

Os pormenores se estruturam integrando-se num todo coerente de significados, de compreensões ou de habilitações. Também chamada de etapa de "integração" ou "síntese".

## 4. Consolidação ou fixação

Por exercícios e repasses reiterativos, o que foi aprendido analítica e sinteticamente é reforçado ou fixado, de modo a tornar-se uma aquisição integrada em esquemas mentais bem estruturados.

Precisamos levar em consideração que essas etapas da aprendizagem são relativas. Os alunos não são produtos padronizados. Eles não reagem sempre da mesma maneira e com o mesmo ritmo. Há entre eles traços individuais quanto à sua capacidade de apreensão, compreensão, domínio, aptidões, interesses, preferências, sensibilidade etc.

Ensinar de forma autêntica significa: identificar as diferenças individuais, explorar as potencialidades dos alunos, suprir suas deficiências e enquadrá-los num plano progressivo, dinâmico e eficaz de aprendizagem.

Aprender, portanto, não é decorar mecanicamente o que se lê nos livros, compêndios e revistas-didáticas. Também não é simplesmente memorizar as exposições do professor visando assimilar seus conhecimentos. Aprender pressupõe mudança de comportamento. E essa mudança propicia alterações na maneira de pensar (aprendizagem cognitiva – novas idéias), de sentir (aprendizagem afetiva – novas atitudes) e de agir (aprendizagem psicomotora – novas habilidades).

## III. Operações Intelectuais

A essência do aprender está na atividade mental intensiva. Há determinadas operações intelectuais que evidenciam a aprendizagem de fato. O professor deve assumir a responsabilidade de acompanhar o desenvolvimento de seus alunos. Eis algumas operações e seus significados:

### 1. Comparar

Estabelecer semelhanças e diferenças.

### 2. Contrastar

Opor a fim de fazer ressaltar as diferenças.

### 3. Criticar

Formular uma opinião sobre o mérito de teorias ou opiniões sobre a verdade dos fatos e fundamentar a opinião mediante uma discussão das provas.

### 4. Definir

Fixar o significado preciso de uma palavra ou frase. Mostrar as distinções implicadas na definição.

### 5. Descrever

Dar uma relação circunstanciada ou gráfica.

### 6. Discutir

Investigar ou examinar mediante argumentos, investigações e debates, apresentando razões a favor e contra.

### 7. Avaliar

Fazer uma apreciação sobre o valor de alguma coisa, à luz da sua verdade ou utilidade; inclua-se em mais baixo grau a opinião pessoal.

### 8. Explicar

Tornar claro, interpretar e esclarecer.

### 9. Ilustrar

Utilizar uma figura ou diagrama para explicar ou elucidar ou então esclarecer com o emprego de exemplos concretos.

### 10. Interpretar

Expor o significado de; esclarecer e explicitar; geralmente dar também uma opinião pessoal.

### 11. Justificar

Mostrar as bases adequadas para as decisões ou conclusões.

### 12. Esboçar

Traçar as linhas principais ou princípios gerais de algo, omitindo os pormenores menos significativos.

### 13. Relatar

Narrar.

### 14. Relacionar

Mostrar a interligação dos elementos e até que ponto eles são semelhantes ou exercem influência uns sobre os outros.

### 15. Analisar

Fazer um relato do tema sob o ponto de vista crítico.

### 16. Enunciar

Apresentar de forma breve e clara.

### 17. Resumir

Fazer uma relação concisa dos pontos principais ou da essência de algo, omitindo pormenores e exemplos.

### 18. Reconstituir

Seguir o desenvolvimento ou a história de um tema a partir de sua origem.

## IV. A Importância da Incentivação

Antes de iniciar a lição, o professor deve propiciar aos alunos boas razões para continuarem assistindo às aulas. Contar antes uma história interessante, uma ilustração curiosa, uma notícia de última hora ou uma experiência vivenciada por ele mesmo, constituem excelentes formas de incentivar o aluno.

Ao escolher o elemento incentivador, o professor deve sempre levar em conta os interesses reais de seus alunos. Quais são as coisas que mais lhes interessam? Sobre o que gostam de falar?

Às vezes é bom usar algum acontecimento do momento como ilustração e, assim, relacionar a lição com eventos e atividades que estejam interessando aos alunos na ocasião.

Qualquer que seja essa incentivação, ela deve conduzir o pensamento de maneira lógica e fácil para a lição propriamente dita, relacionando o assunto a aspectos reais da vida.

O relato de um acontecimento, a leitura de um texto paralelo da Bíblia, citações de outros comentaristas, apresentação de uma gravura, objetos etc. Estes são alguns dos variados recursos de que o professor pode dispor para vivificar o ensino e facilitar a aprendizagem, mediante sua aproximação com a realidade e com a atualidade.

## V. Motivação e Incentivação

Em se tratando da situação ensino-aprendizagem é errado afirmar que o professor motiva o aluno. Incentivação e motivação são conceitos correlatos, mas não são iguais. A incentivação é de ordem externa – parte de alguém, enquanto que a motivação é de ordem interna, pertence a alguém. Embora a incentivação só seja eficiente se repercutir no aluno a ponto de criar ou dinamizar motivos, o professor apenas pode incentivar a aprendizagem, isto é, fornecer estímulos que despertem no aluno um ou vários motivos. Em outras palavras, o aluno pode ficar motivado para o estudo a partir de incentivos do professor.

*Exemplo:* O professor leva para a sala de aula recortes de revistas e jornais, contendo notícias atuais, com o objetivo de ilustrar ou elucidar um fato histórico da Bíblia no qual o aluno esteja profundamente interessado em saber.

1. A motivação e a incentivação são consideradas intrínsecas e extrínsecas.

Vejamos:

*a) Motivação intrínseca.*

Quando o aluno está motivado a estudar uma matéria por ter interesse real por ela.

*Exemplo:* Paulo é um jovem muito ativo e cheio de responsabilidades. A despeito de suas muitas oc upações, pois, trabalha de dia e faz faculdade à noite, sempre reserva um tempo para o estudo da Bíblia e das lições da Escola Dominical. Ele tem uma chamada missionária e sabe que para cumpri-la deverá dedicar-se totalmente às Escrituras. Além disso, para ele, estudar a Bíblia é um grande prazer.

*b) Motivação extrínseca.*

Quando quem aprende está estimulado por aspectos apenas relacionados ao estudo e não pelo próprio estudo.

*Exemplo:* Irmão Pedro está no 4° ano do curso de Bacharel em Teologia. Ele não vê a hora de concluir seus estudos, pois, assim que terminar esse curso assumirá um cargo importante em sua igreja.

*c) Incentivação intrínseca.*

Quando o aluno é estimulado a estudar a matéria pelo valor que ela encerra.

***Exemplo:*** Os pais de Samuel lhe deram um violão, e ele, que até então não havia pensado em tocar um instrumento, matriculou-se imediatamente em uma escola de música e está muito empolgado com essa nova atividade.

*d) Incentivação extrínseca.*

Quando o estudante é estimulado por fatores estranhos à aprendizagem em si.

***Exemplo:*** Raquel não falta sequer a uma aula. Em sua classe ela recebe todos os prêmios relacionados à assiduidade. A razão de tanta dedicação à Escola Dominical já é conhecida entre seus amigos: sua mãe lhe prometeu que se fosse à escola todos os domingos ganharia uma nova bicicleta no final do ano.

## VI. Fontes de Incentivação

Há muitas fontes de incentivação. Elas representam elementos, fatores, ou circunstâncias que despertam no aluno atitudes favoráveis à aprendizagem. Eis algumas:

### 1. Material didático

Os recursos audiovisuais, por exemplo, são excelentes elementos incentivadores.

## 2. Necessidade de conhecimento

O desejo de conhecer e a curiosidade são inerentes ao ser humano.

## 3. A personalidade e o comportamento do professor

O modo de ser do professor, seu entusiasmo, simpatia, tolerância, compreensão podem despertar o interesse do aluno.

O comportamento do professor durante a aula também pode tornar-se numa excelente forma de estímulo para que a aula não se torne monótona e a mensagem tenha sua relevância enfatizada. Merecem atenção a esse respeito:

*a) Movimentos.*

O professor poderá, movimentando-se adequadamente, solicitar certos ajustamentos sensoriais dos alunos, mantendo-os atentos. Esses ajustamentos são efetivados quando o professor:

- Movimenta-se de um lado para o outro da classe, posicionando-se ora do lado direito, ora do lado esquerdo, bem como na frente ou atrás do grupo de alunos.

- Movimenta-se ocasionalmente, entre o grupo de alunos ou permanece numa posição bem próxima ao aluno que está falando.

*b) Gestos.*

O gesto torna mais dinâmica e expressiva a apresentação do professor para a classe. Movimentos sincronizados de mãos, cabeça e corpo são importantes aspectos da comunicação.

A mensagem oral é mais efetiva se combinada com gestos expressivos.

*c) Foco.*

- Focalizar verbalmente, dizendo por exemplo: Olhem este gráfico, mapa, etc.
- Focalizar com gestos, apontando apenas para o objeto, ou para o que intenciona tornar mais relevante.
- Focalizar com a palavra e o gesto, isto é, falando e ao mesmo tempo apontando para o objeto.

### 4. Atividade

O aluno, quando é levado a executar algo, pode tornar-se mais interessado.

### 5. Aprovação social

O elogio honesto é poderosa força de incentivação.

## VII. Técnicas Didáticas de Incentivação

As técnicas incentivadoras relacionadas abaixo são as mais utilizadas no ensino, segundo a educadora Irene Mello Carvalho.

### 1. Correlação com o real

Procura-se comunicar aos alunos a importância do que se vai ensinar ou das tarefas que se vai solicitar, relacionando o assunto ou os trabalhos a aspectos reais da vida. (Técnica usada no início e no meio das atividades.)

***Exemplo:*** Em determinada escola um professor ensinava entusiasticamente: "Abraão saiu de Ur dos Caldeus e foi para uma terra distante, obedecendo a ordem divina." De repente um de seus alunos lhe interrogou: Professor! Nunca ouvi falar nesta cidade. Ela ainda existe? Em que continente está? Como posso localizá-la no mapa? Nossos alunos sentem necessidade de saber o que fazer com as informações que lhes passamos. Eles querem que sempre relacionemos os conteúdos do ensino com o "aqui e agora". No referido caso, seria conveniente que o professor utilizasse como recursos um atlas geográfico comum e outro bíblico. Para se estabelecer correlação com o real, precisa o professor levar para a classe todos os meios auxiliares que estiverem à sua disposição: fotografias, gravuras, mapas bíblicos, fazer visitas a museus, excursões etc.

## 2. Participação ativa

Vale a pena relembrar o que dissemos em outros capítulos sobre a participação dos alunos na sala de aula. "Todo ensino deve ser dinâmico e a aprendizagem não pode deixar de ser ativa, pois ela somente se efetiva pelo esforço do aprendiz, visto que ninguém pode aprender em lugar de outro. O professor deve solicitar, quer no início, quer no decurso de qualquer atividade, a opinião, a colaboração, a iniciativa, o trabalho do próprio aluno." (Técnica usada no início e no meio das atividades.)

## 3. Êxito inicial

O professor deve facilitar, por todos os meios possíveis, uma perfeita compreensão das idéias expostas e debatidas, prevendo e aplainando as dificuldades que os trabalhos possam apresentar. Facilitando inicialmente a compreensão dos alunos, o professor estará propiciando um ambiente de interesse, participação e cumplicidade. O êxito inicial faz com que os alunos, entusiasmados com seus resultados, se dediquem mais e mais aos estudos. (Técnica usada somente no início.)

## 4. O insucesso inicial

De cunho passageiro, já que o professor deve orientar o aluno para vencer as dificuldades tão logo seja possível. É uma técnica incentivadora valiosa quando se trata de assunto aparentemente fácil ou que o aluno supõe já ter dominado suficientemente. O professor deve apresentar questões um pouco acima da capacidade atual dos alunos para fazer com que eles sintam necessidade de estudar o tema que julgam já conhecer ou pensam dominar plenamente. (Técnica usada somente no início das atividades.)

## 5. Apresentação de tarefas

Pedir aos alunos que cumpram determinadas tarefas tais como, fazer uma pesquisa, trazer determinado objeto ou realizar alguma atividade em casa com a finalidade de utilizar os resultados dessas ações na próxima aula, são, indubitavelmente, excelentes maneiras de incentivar a classe.

## 6. Atividades socializadas ou trabalho em grupo

Aqui, a potencialidade incentivadora decorre do processo interativo mental e social que serve de base e é estimulante para a maioria das pessoas normais. Exceção: por problemática psicológica ou por características de personalidade alguns preferem estudar e produzir a sós. (Técnica usada no final das atividades.)

## 7. Auto e heterocompetição

O aluno deve ser orientado no sentido de desejar o seu progresso individual com fundamento na comparação de seus resultados atuais com seu próprio rendimento anterior. Quanto à competição individual, deve ser afastada do quadro escolar por seus aspectos deseducativos. A competição entre grupos será usada eventualmente, pois tem muitos aspectos positivos e alguns poucos negativos. (Técnica usada no final das atividades.)

OBS: Todas as técnicas incentivadoras até aqui apresentadas, relacionam-se intrinsecamente com a matéria a aprender ou com o método empregado.

### 8. Interesse pelos resultados da aprendizagem

Interesse pelas notas ou conceitos que hão de garantir a aprovação escolar.

### 9. Desejo de corresponder à dedicação e ao interesse do professor

Apela-se para a sensibilidade do aluno, procurando estabelecer um forte elo afetivo entre professor e aluno, pela demonstração do interesse pessoal por aquele educando e pelos problemas que estão prejudicando a aprendizagem.

### 10. Incentivação negativa

Sanções, advertências, notas baixas, reprovação.

## Conclusão

O professor mantém seus alunos motivados quando consegue aliar um bom conhecimento da matéria a uma excelente preparação didática. Além disso, é imprescindível ao mestre incentivador, saber escolher métodos didáticos adequados à sua classe e conjugá-los com ótimos recursos audiovisuais. Um professor com essas qualificações não precisa apelar para truques de animação a fim de manter sua classe atenta e interessada; seus alunos sentem prazer em assistir às suas aulas. Eles o respeitam e o admiram. De que modo você está incentivando seus alunos? Será que eles têm se agradado da maneira como você ministra suas aulas?

## Questões para Reflexão

*1. De que maneira você tem incentivado seus alunos?*

*2. Você tem observado se seus alunos estão crescendo no conhecimento da Palavra de Deus? Que tipo de comportamento você tem observado para assegurar-se disso?*

*3. Qual a diferença entre motivação e incentivação? Você pode motivar alguém?*

*4. Das fontes de incentivação abaixo, qual a que predomina em sua prática docente?*

*a) A própria matéria de ensino.*

*b) O método utilizado pelo professor.*

*c) Os modernos recursos audiovisuais.*

*d) A personalidade docente.*

# 10 Capítulo

# Como Avaliar a Aprendizagem

Sumário



## Objetivo do Capítulo

✓ *Orientar os professores quanto à escolha de instrumentos de avaliação eficazes.*

# Capítulo 10

# Como Avaliar a Aprendizagem

"Muita criatividade e muita inovação significam riqueza em todos os sentidos. Muita inovação e pouca criatividade é a riqueza aproveitando-se da criatividade alheia. Muita criatividade e pouca inovação é a pobreza feliz com o fato de suas idéias serem realizadas por outros. Por fim, pouca criatividade e pouca inovação é que é o infortúnio da miséria."

*Luiz Ludwing Waldez*

## Introdução

"Certo dia, o rei dos Hirsutos ordenou: 'Tragam-me o melhor barbeiro! Quero cortar cabelos e barba! Assim remoçarei, ficarei diferente dos demais e ganharei fama, podendo até atrair turistas para o reino.'

Imediatamente, convocados os examinadores de maior renome, instalou-se a comissão de seleção que reuniu numa sala centenas de candidatos atraídos pelos arautos reais.

'Discorra sobre a importância da barbearia no mundo moderno' foi a primeira questão da prova escrita, eliminatória.

Julgadas as respostas, dispensaram-se dois terços dos candidatos, dando-se ao restante a ordem: 'Relate a história da arte de barbear.' Avaliadas suas dissertações, deixaram-se apenas dez barbeiros na sala, os quais receberam a instrução: 'Descreva os instrumentos e procedimentos necessários para cortar cabelo e barba do rei.' Apreciadas as novas respostas, foi pedido aos três únicos classificados para desenhar seis tipos de cortes de barba e de cabelo. Selecionado, por fim, o melhor de todos, levaram-no ao rei, que logo ele começou a barbear. Quase no final do trabalho, porém, o escolhido canhestramente cortou a orelha real.

– Iiihh!!! – gritaram em coro, aterrorizados, os examinadores.

– Iiihh?! – retrucou-lhes o ferido. – Peço-lhes apenas um barbeiro capaz, e me saem com um coro de iiihh!?

– Perdoai-nos, Majestade, não sabíamos onde estávamos com a cabeça ao preparar as questões da prova!

– Idéia genial! – tornou-lhes o rei, que logo os mandou decapitar. (Fábula adaptada da obra de F. Mager.)

Quais erros cometeram aqueles "especialistas" da casa real? O que havia de irrelevante e sem propósito nas questões por eles elaboradas? A primeira coisa que percebemos é que as questões propostas pelos examinadores, por serem caracteristicamente subjetivas, jamais verificariam se aqueles candidatos a barbeiros realmente estavam habilitados à "difícil" tarefa de cortar o cabelo do rei. Neste caso os conhecimentos teóricos e preliminares sobre cortes de cabelo em nada poderiam ajudar nas questões pragmáticas da avaliação. O teste deveria ser essencialmente prático. Ou seja, a fim de serem considerados aptos para cortar o cabelo do rei os candidatos deveriam, antes, demonstrar competência, cortando o cabelo de outras pessoas.

Esta fábula ilustra perfeitamente o tipo de avaliação utilizada por grande parte dos professores das instituições Públicas e Particulares de ensino. Se a funcionalidade dos instrumentos de avaliação de certos professores fosse julgada a rigor, certamente muitos mestres perderiam suas preciosas cabeças.

A maioria deles, inclusive os da área do ensino cristão seleciona instrumentos de avaliação visando apenas a reprodução automática do conteúdo, quando o resultado da aprendizagem precisa ser palpável, observável.

## I. A Importância da Avaliação

O que significa avaliar em termos educacionais? O que deve ser observado no aluno para que o consideremos apto em determinada área do conhecimento? Neste sentido, avaliar significa fazer um julgamento sobre os resultados, isto é, comparar o que foi realizado com o que se pretendia alcançar. Se essa comparação for feita com base na formulação inicial de objetivos que descrevem as modificações previstas no comportamento do aluno, as dificuldades normalmente associadas à avaliação da aprendizagem tendem a diminuir.

Que resultados pode o professor esperar de uma avaliação? Que tipo de comportamento precisa o aluno manifestar? O estudante, para ser considerado apto, deverá agir, fazer, executar, expressar, manifestar uma mudança de atitude e comportamento. Somente através dessas manifestações do aluno, pode o professor reprogramar suas atividades visando o aperfeiçoamento do trabalho docente. De acordo com o que ensina o pastor Antonio Gilberto no Manual da Escola Dominical, "uma avaliação periódica permite aos que ensinam e dirigem, aferir o estado real da escola; o que foi feito e o que deixou de ser realizado, ou necessita ser introduzido ou suprimido." Ainda, segundo ele, "a avaliação revela as novas tomadas de providências que devem ser levadas a efeito."

Avaliar a aprendizagem é extremamente importante, porém, é necessário que a avaliação ofereça ao professor meios seguros de medir o aproveitamento do aluno. Para o educador Stuart S. Cook, a avaliação ajuda o professor a "determinar o progresso individual dos estudantes em relação às metas de ensino. Informações sobre os alunos são usadas para a tomada de decisões acerca de estratégias educacionais e administrativas. Sem as informações que vêm dos testes, muitas decisões que os educadores tomam estariam sujeitas a sérios erros."

## II. Tipos de Avaliação

Quando deve o professor avaliar? No início, durante ou no final do processo de ensino-aprendizagem?

### 1. Avaliação Prévia

A avaliação feita antes da exposição da matéria é chamada de avaliação prévia ou diagnóstica. Ela tem por objetivo verificar o que a classe não sabe ou até que ponto conhece a matéria. Esta forma de avaliação, além de ser utilizada como fonte de incentivos para os alunos, serve também como introdução a fim de prepará-los para receberem ensino mais completo. Não havendo verificação antecipada o professor correrá o risco de passar conteúdos já assimilados pelos estudantes, desperdiçando, assim, muito tempo que poderia ser empregado na aquisição de conhecimentos novos ou mais complexos. Poucos professores utilizam este tipo de avaliação. A grande maioria avalia durante ou no final do processo.

## 2. Avaliação formativa

A avaliação formativa é a que ocorre durante o processo de ensino-aprendizagem. Constitui-se de testes ou outros instrumentos rápidos, ministrados periodicamente, que visam verificar se a aprendizagem está realmente ocorrendo. A avaliação formativa desempenha importantes papéis. Vejamos:

*a) Proporciona feedback.*

Se, através de um simples teste, o professor verifica que a maioria dos alunos não está aprendendo, é o momento de parar e pensar no que está errado em seu ensino e, reformular suas estratégias. Se a maioria está aprendendo, a avaliação formativa identificará aqueles que não o estão a fim de que lhes possa ser dada adequada atenção.

*b) Proporciona feedback também ao aluno.*

A avaliação feita durante a aula faz com que o aluno perceba o que está faltando, no que ele está errando, permitindo-lhe oportunidade de esforçar-se a fim de atingir o domínio que dele se espera.

*c) É fonte de motivação para o aluno.*

Os alunos que fazem auto-avaliação sentem-se estimulados a continuar seus estudos.

## 3. Avaliação Somativa

É a avaliação que ocorre ao final de um trimestre, de um semestre ou de um determinado espaço de tempo. Ela visa verificar o produto da aprendizagem, isto é, o que resultou do trabalho do professor e do aluno. Por exemplo, há professores da Escola Dominical que no final de cada trimestre elaboram um questionário com perguntas de todas as lições. Estas perguntas visam avaliar a capacidade de assimilação dos alunos em todo o período de estudo.

## III. Procedimentos de Verificação

Os procedimentos para a verificação da aprendizagem do aluno podem ser classificados em escritos ou orais. Os procedimentos escritos são: provas, exercícios, pesquisas, questionários, pequenos testes, composições, trabalhos práticos etc. Os orais são: entrevistas, argüições, discussões e relatórios. A maioria dos professores da Escola Dominical, em função do pouco tempo que tem para desenvolver suas aulas e verificar o desempenho da classe, utiliza-se de testes objetivos, escritos ou orais. Isto porque há muitas vantagens na aplicação desses testes. Dentre elas podemos destacar: facilidade de correção, objetividade, simplicidade, precisão, além de os alunos serem examinados em igualdade de condições. Afinal, o que é um teste? Qual o significado deste termo? Etimologicamente, vem do latim *testis,* que quer dizer testemunho ou testemunha. Mas... Como devem ser organizados esses testes? Como devem ser elaboradas as questões de teste?

As questões de teste classificam-se em duas categorias fundamentais:

1) As que requerem que o aluno selecione sua resposta entre duas ou mais alternativas;
2) As que requerem que ele próprio construa suas respostas.

Vejamos:

### 1. Questões que envolvem seleção de resposta

Trata-se das questões objetivas. Existem variadas questões deste tipo. Destacaremos apenas as mais utilizadas:

*a) Verdadeiro-falso.*

Consiste em apresentar afirmativas para que sejam indicadas as certas e as erradas. Exemplo:

Escreva, nos parênteses, a letra "C" diante das afirmações corretas e a letra "E" diante das afirmações erradas:

( ) Provérbios 15.17 diz que o amor é secundário para a harmonia da família.
( ) Abraão e Ló separaram-se porque se tornaram inimigos e não podiam viver juntos.
( ) Moisés abriu mão de todo o conforto que tinha no palácio para pôr em prática o que aprendera com os seus pais, na infância.
( ) De acordo com Romanos 12.18, devemos conviver pacificamente com todas as pessoas, a menos que elas não queiram.

Sugestões para a elaboração de questões do tipo verdadeiro-falso:

- Construir uma lista de afirmações verdadeiras.
- Reescrever cerca da metade delas para torná-las falsas.
- Fazer as afirmações bem claras e definidas.
- Incluir somente uma idéia em cada afirmação.
- Evitar o uso de negativas.

*b) Múltipla escolha.*

Consiste em apresentar uma afirmativa incompleta seguida de vários conceitos. Dentre os conceitos apresentados o aluno deverá escolher um, que complete a afirmação, formando uma sentença de sentido verdadeiro.

***Exemplo:*** O nome do profeta Isaías tem muito a ver com

o seu ministério. Marque a alternativa correta. Isaías significa:

a) Jeová-Jireh
b) Deus é amor
c) A salvação de Jeová
d) O Senhor proverá

Sugestões para a elaboração de questões de múltipla escolha.

- As alternativas não devem ser claramente erradas. Todas devem ser objeto de análise por parte do aluno.
- As alternativas devem ter idéias relacionadas com a pergunta, evitando-se as absurdas.
- Não deve ser utilizada a alternativa "nenhuma das respostas"
- No grupo das alternativas deve haver uma só resposta correta.
- As alternativas devem ser simples, pequenas e de leitura fácil.
- O número ideal de alternativas é quatro.
- A posição da resposta certa deve ser sistematicamente modificada. Assim evita-se a tendência natural de o aluno se fixar em determinada "posição".

*c) Associação.*

Consiste em apresentar duas relações de palavras, frases ou símbolos, para que os alunos associem os conceitos correlacionados.

***Exemplo:*** Enumere a segunda coluna de acordo com a primeira.

| | |
|---|---|
| (1) Elohim | ( ) O Senhor que provê |
| (2) Jeová-Shalom | ( ) O Senhor é a nossa bandeira |
| (3) Jeová-Jireh | ( ) Deus Criador |
| (4) Jeová-Nissi | ( ) O Senhor é nossa paz |
| (5) El-Shadai | ( ) Deus Todo-Poderoso |

Para elaborar questões de associação, apresentamos as seguintes sugestões:

- Usar conceitos estritamente relacionados.
- Dispor as respostas em coluna, numa seqüência diferente da adotada para as perguntas.
- Não incluir palavras erradas na coluna das respostas.

*d) Ordenação.*

Consiste em apresentar uma série de conceitos que deverão ser numerados numa ordem determinada (cronológica, de importância, de complexidade etc.). Exemplo:

Abaixo estão relacionados alguns fatos escatológicos. Coloque, nos parênteses, o número de ordem desses fatos (de 1 a 8).

( ) A grande tribulação
( ) O grande Trono Branco
( ) O Tribunal de Cristo
( ) Novos céus e nova terra
( ) O milênio
( ) O arrebatamento da Igreja
( ) O julgamento das nações
( ) A revelação de Cristo

Algumas dicas para elaborar questões do tipo ordenação:

- Selecionar apenas conceitos da mesma natureza.
- Apresentar sempre o conjunto completo de conhecimentos que se quer avaliar.
- Propor, no máximo, dez conceitos ou fatos para ordenar.

## 2. Questões que envolvem a construção de respostas

*a) Completar lacunas.*

Consiste em apresentar frases nas quais faltam palavras importantes, que deverão ser descobertas pelos alunos.

***Exemplo:***

Complete as frases abaixo:

1. O Espírito Santo é uma ________. Ele possui ________, ________, ________ e ________ própria.
2. O papel do Espírito Santo na criação foi conceder ________ e ________ às coisas.
3. O Espírito Santo ungiu Jesus para________, ________,________e anunciar a________.

Sugestões para elaborar questões do tipo completar lacunas:

- Omita apenas as palavras chaves para que não haja mais de uma interpretação.
- Só omita verbos quando a compreensão não for prejudicada.

- Não se deve colocar mais de quatro lacunas numa frase; as lacunas devem ter o mesmo tamanho e serem colocadas no meio e no fim das sentenças.

*b) Evocação.*

Consiste em fazer uma pergunta que admita resposta simples, imediata, definida, específica e provavelmente indiscutível.

***Exemplo:***

1. Quantos livros tem a Bíblia?
2. Quem foi o primeiro rei de Israel?
3. Quem negou a Cristo por três vezes?
4. Qual o significado do nome Jesus?

Sugestões para a elaboração:

- Assegurar-se de que a questão admite somente uma resposta.
- Fazer, no mínimo, dez perguntas em cada teste.

*c) Dissertação.*

Consiste no tipo de avaliação tradicional, em que o professor propõe algumas questões para serem respondidas por escrito pelos alunos. Tanto a formulação quanto as respostas são relativamente livres. Consiste geralmente em questões que incluem instruções, tais como: comente, explique, resuma, avalie, defina, compare, relacione, analise, justifique, descreva, sugira, como? Por quê? Para quê? etc.

***Exemplo:***

1. Quais os argumentos básicos para considerar o batismo no Espírito Santo uma experiência separada da conversão? Explique.

2. Com quais fundamentos bíblicos podemos provar que o falar em outras línguas é a evidência física inicial do batismo no Espírito Santo? Justifique.
3. Que são "dons espirituais"? Relacione.
4. Classifique e distinga os dons espirituais.
5. Defina o termo "dispensação".

Na avaliação dissertativa, o professor deve:

- Pensar com antecedência em sua preparação.
- Dar instruções claras.
- Comunicar aos alunos que será levado em consideração na correção: caligrafia, ortografia, gramática, etc.
- Limitar a extensão da resposta em número de linhas.

## Conclusão

Acredito que a partir de agora, meus leitores, professores da Escola Dominical, não terão dúvidas quanto à importância da avaliação do desempenho de seus alunos. Mas alguém ainda poderia perguntar: Baseado em que deverei preparar meus instrumentos de avaliação? Como poderei acompanhar e analisar o comportamento de meus alunos? Neste caso, é extremamente importante enfatizar que para uma boa avaliação é necessário que o professor estabeleça seus objetivos. Não há como esperar resultados se não determinarmos prévia e claramente o que devemos esperar. Objetivos imprecisos conduzem a avaliação confusa, sem propósito e desnecessária.

## Questões para Reflexão

1. *Com que motivação você avalia sua classe?*

2. *Como você seleciona seus instrumentos de avaliação?*

3. *Em quais etapas da aula você costuma avaliar seus alunos?*

4. *Com que freqüência seus alunos são avaliados mediante testes orais?*

5. *O que você pensa a respeito da avaliação prévia? Já a utilizou alguma vez? Quais foram os resultados?*

# 11 Capítulo

# Como Melhorar a Comunicação entre Professores e Alunos

**Sumário**

Introdução

I. O processo da comunicação humana
II. Como tornar a comunicação eficiente no âmbito da sala de aula

Conclusão
Questões para Reflexão

## Objetivos do Capítulo

- ✓ *Identificar os principais problemas que atrapalham a comunicação professor-aluno.*
- ✓ *Sugerir meios que facilitem a comunicação na sala de aula.*

Capítulo

11

# Como Melhorar a Comunicação entre Professores e Alunos

> "Não existe uma só atividade humana que não seja afetada ou que não possa ser promovida através da Comunicação."
>
> *Gilbert Highet*

## Introdução

Que faz um professor quando ensina? Naturalmente ele se comunica com a classe. Sua intenção primordial é fazer com que seus alunos entendam perfeitamente sua mensagem, isto é, o conteúdo do ensino. Em suma, o ensino é um processo de comunicação em que o professor, através de vários procedimentos e informações, orienta e dinamiza a aprendizagem.

A maioria das funções do ensino é cumprida exatamente pelo comportamento verbal do professor. São os padrões ou formas de comunicação empregados por ele que vão em grande parte determinar os níveis de realização e o resultado final do processo de ensino-aprendizagem. Neste processo, o que faz o professor? Que responsabilidade ele assume? Dentre tantas operações educativas, o mestre apresenta os estímulos, dirige as atividades, sugere, orienta o pensamento do aluno, proporciona condições para que o educando aplique o que aprendeu e, no final, valendo-se permanentemente dos recursos da comunicação, promove mais aprendizagens.

Da boa comunicação em sala de aula, dependem não só a retenção de conteúdos, mas, de forma mais ampla, todos os processos de formação do aluno, especialmente, o respeito mútuo, a cooperação e a criatividade.

## I. O processo da Comunicação Humana

### 1. O que significa comunicar?

A palavra comunicar vem do latim *comunicare* e significa "pôr em comum", tornar comum. Em sentido prático, comunicar é transmitir idéias e informações com o principal objetivo de promover o entendimento entre os indivíduos. Para que ela se realize, é necessária a utilização de um código comum previamente estabelecido.

### 2. O processo da comunicação

O que é comunicação? A comunicação pode ser definida como um processo de inter-relação entre os homens, caracterizado pelo emprego de signos ou símbolos organizados em mensagens. Este processo, inicialmente, exige três elementos, a saber: emissor, receptor e mensagem. Faltando qualquer um desses elementos, a comunicação não acontece.

A mecânica do processo pode ser esquematizada da seguinte maneira:

- O emissor codifica e envia a mensagem.
- O receptor a decodifica, isto é , a interpreta.
- Se não houver interferência (ruído), a comunicação se estabelece.

## 3. A mensagem e sua interpretação

A mensagem é o objeto e a finalidade da comunicação humana. Toda mensagem possui um significado e carrega propriedades de percepção comuns ao emissor e receptor.

Outro elemento importante é a interpretação. Na verdade, ela é a chave de toda comunicação. Dela é que vai depender a dedução e a compreensão da mensagem.

A boa mensagem é a que facilita a interpretação. Conforme explica Abraham Moles em L'Affiche dans la Société Urbaine, "a eficácia máxima da comunicação não é alcançada senão quando a mensagem é compreendida pelo receptor". Se ela não é interpretada, compreendida e assimilada, não há comunicação.

## 4. O meio ou canal

O meio pode facilitar ou dificultar a interpretação. Entretanto, é o conteúdo da mensagem que vai indicar ao transmissor o meio a ser escolhido. A mensagem, para ser compreendida, deve sempre harmonizar-se com os requisitos de clareza, rapidez e disponibilidade dos meios.

## 5. O repertório de signos e sua percepção

Cada pessoa possui seu próprio repertório de signos ou símbolos. Os signos normalmente são estabelecidos pelo próprio homem. Entre eles temos os sinais, como por exemplo os códigos de trânsito, os signos verbais incluídos na fala, e os não verbais como os gestos, a maneira de olhar etc.

"A comunicação será efetiva se o comunicador levar sempre em conta os repertórios correspondentes do receptor. Se ele utilizar uma idéia ou uma experiência no repertório respectivo do receptor, este entenderá claramente a mensagem. Se o comunicador escolher signos que não figurem no repertório do receptor, é certo que não haverá comunicação". (Estratégias de ensino-aprendizagem, Ed. Vozes)

## 6. O processo de recepção

Depois da percepção dos signos que compõem a mensagem, a segunda parte do processo é a:

*a) Decodificação.*

De modo subconsciente o receptor compara os signos percebidos com seu repertório e decifra sua equivalência. Se os signos percebidos não existem no seu repertório, o receptor poderá apelar ao contexto geral da mensagem. A terceira parte denomina-se...

*b) Interpretação.*

A mensagem em sua totalidade é avaliada pelos interlocutores, que verificarão se ela está de acordo com o assunto sobre o qual se está comunicando. Ela também é conferida com os demais repertórios do receptor: intenções, idéias, experiências etc. Na interpretação, o receptor se pergunta: Qual é o significado que devo atribuir a esta mensagem que Fulano me transmite a respeito desse assunto?

A quarta parte do processo é conhecido como:

*c) Feed-back ou retroalimentação.*

Trata-se do retorno da mensagem, que alimenta a comunicação. O professor que presta atenção nas reações ou respostas do aluno encontra nelas a forma de reajustar suas mensagens.

## 7. Como acontece a comunicação?

Conhecendo agora os elementos básicos da comunicação, podemos tentar reconstituir em detalhe todo o processo. Observe o esquema sugerido pelo professor Whitaker Penteado.

- Um estímulo interno ou externo provoca uma reação: a de comunicar-me.
- Traduzo em palavras a idéia e por associação a interpreto, organizando as palavras em uma frase-mensagem.
- Seleciono o meio mais adequado à movimentação da minha mensagem rumo ao receptor.
- Emito a mensagem através do meio selecionado.
- A mensagem caminha e chega ao receptor.
- O receptor recebe a mensagem procurando interpretar-lhe o significado.
- O receptor compreende a mensagem decifrando os símbolos em termos de sua própria interpretação.
- A reação do receptor, após sua interpretação, é transportada como nova mensagem de volta a minha pessoa.
- Interpreto a reação do receptor e, avalio se o significado que recebi é o mesmo que lhe enviei.
- Coincidindo-se os significados – o meu e o do receptor – completa-se através da compreensão mútua o circuito da comunicação.

## 8. Barreiras à comunicação

Existem alguns obstáculos (ruídos) que atrapalham a boa comunicação.

Vejamos:

a) Barreiras físicas: Distância espacial; escuridão (comunicação visual).
b) Barreiras fisiológicas: cegueira, surdez.
c) Barreiras culturais: padrões culturais.
d) Barreiras sociais: tradição, normas institucionais, status diferentes. Relacionamento entre chefes e subalternos, entre um aluno e um diretor.
e) Barreiras psicológicas: atitudes negativistas ou de oposição podem bloquear a recepção.

## II. Como Tornar a Comunicação Eficiente no Âmbito da Sala de Aula

### 1. Diagnostique o problema

Há professores que, por falta de conhecimento ou sensibilidade docente, não percebem que são maus comunicadores. A impressão que temos é que se preocupam com a medíocre exposição de sua matéria em detrimento da educação propriamente dita. O professor acha que sua função consiste em transmitir conhecimentos e que é obrigação do aluno ouvir e compreender. Alguns, têm suas idéias tão mal, ou tão perfeitamente organizadas, que não há neles lugar para a imaginação criativa dos alunos. Quando as idéias do professor estão desorganizadas, sua mensagem é confusa e insegura. Os tais preferem o monólogo, isto é, a criticada "salivação". Outros costumam ensinar partindo da seguinte premissa: "Se os alunos mais inteligentes dos primeiros assentos entendem o que eu falo, todos os demais também entenderão". Ora, isso é simplesmente um absurdo!

Em relação à linguagem, muitos são os que costumam utilizar conceitos ou termos que ainda não existem na experiência dos estudantes. Ao contrário destes, há os que assumem uma postura bem mais nociva: não se preocupam em enriquecer o vocabulário dos alunos.

A maneira de expor a matéria é outro problema que dificulta a boa comunicação entre educadores e educandos. Muitos mestres colocam tantas idéias em cada exposição que somente algumas delas são compreendidas e retidas na mente do aluno. Falar rápido demais, articular mal as palavras, usar voz baixa e em tom monótono são comportamentos igualmente perniciosos.

Se existem professores que não utilizam meios visuais para comunicar conceitos, ou relações que exigem apresentação gráfica, há também os que utilizam recursos visuais de forma inadequada: por exemplo, empregam o quadro-de-giz sem planejamento algum, escrevendo e desenhando ora aqui, ora ali, com muita confusão e desordem. Aqui está um breve resumo dos principais problemas que atrapalham a comunicação entre docentes e discentes em qualquer nível do processo ensino-aprendizagem.

A eficiência da comunicação resulta fundamentalmente do seguinte: clareza, precisão, simplicidade, criatividade e objetividade da mensagem.

## 2. Identifique o foco de interesse da aula

Os objetivos e os conteúdos merecem atenção especial. Refletem eles a necessidade e o interesse do aluno? É a partir desse foco que será realizado o contexto, ou situação estímulo, para que se processe a aprendizagem. Muitas vezes, a comunicação não se efetiva devido à ausência de um foco de interesse. O professor fala, e os alunos fazem ou pensam outra coisa.

### 3. Ajuste a mensagem às condições dos alunos

Tarefas muito difíceis, confusas, ou muito fáceis não despertam o aluno para a ação. O aluno possui possibilidades de vocabulário que necessitam ser consideradas pelo professor. Só existe aprendizagem se o aluno modifica seu comportamento. Entretanto, ele não modificará seu comportamento se não possuir a base necessária para tal. As experiências dos alunos permitem ou facilitam a nova aprendizagem? Possuem eles capacidade para entender o que o professor está informando ou pretende informar?

### 4. Organize a mensagem equilibrando conhecimentos novos com antigos

Se tudo que se pretende transmitir já é conhecido do aluno, não há razão para a comunicação. Bem como, se a mensagem for totalmente estruturada com elementos novos o aluno não terá capacidade de apreendê-la.

### 5. Estabeleça uma seqüência permitindo que o aluno avance progressivamente até à assimilação da informação

Para chegar ao domínio de conceitos complexos, é necessário partir do exame de conceitos ordinários, sejam estes dominados ou não pelos alunos.

### 6. Seja conciso em sua exposição

Expor as idéias em poucas palavras é uma virtude extremamente necessária à práxis docente. Nos desligamos facilmente quando ouvimos pessoas prolixas. Aquelas que dizem muita coisa, porém, inútil e irrelevante.

## 7. Desenvolva uma linguagem natural

Isto é, que seu comportamento verbal seja claro, consistente e coerente, expressando idéias bem conectadas.

## 8. Domine a arte de ouvir

O professor necessita ouvir com interesse e atenção. A audição inteligente é ainda facilitada quando atentamos para a fisionomia e para a gesticulação de quem fala. Concernente a esta séria questão, gostaria de contar aos meus leitores um episódio que me ocorreu quando lecionava em determinado seminário do Rio de Janeiro:

Certa noite, entusiasmado com minhas observações sobre "saber ouvir", decidi fazer uma experiência com meus alunos do curso teológico. No transcurso de uma interessante aula, interrompi abruptamente minha preleção e disse: "Por hoje, é o bastante!" Imediatamente depois, fiz duas perguntas: – No que é que vocês estavam pensando quando interrompi a aula? – O que é que eu estava falando? Não sendo possível detalhar o resultado da minha decepcionante pesquisa, contento-me em apenas informar aos leitores minha infeliz pasmaceira: apenas 28% dos meus alunos, de fato, me ouviam. Os outros, como diriam meus filhos, estavam em "off", completamente desligados.

Um dos maiores problemas de comunicação, tanto a de massa como a interpessoal, é como o receptor capta uma mensagem. Raríssimas são as pessoas que procuram ouvir exatamente o que a outra está dizendo.

Ouvir depende de concentração. Ouvir é perceber através do sentido da audição. Escutar significa dirigir a atenção para ouvir.

Enquanto uma pessoa normal fala, em média 120 a 150 palavras por minuto, nosso pensamento funciona três ou quatro vezes mais depressa. Conseqüentemente surge um mal hábito na audição. Muitas pessoas estão de tal forma ansiosas em provar sua rapidez de apreensão, que antecipam os pensamentos antes de ouvi-los dos lábios do interlocutor. Isso ocorre quando ouvimos a famigerada exclamação: "Já sei o que você vai dizer!"

Ouvir, portanto, é muito raro. É necessário limpar a mente de todos os ruídos e interferências do próprio pensamento durante a fala alheia. Ouvir, implica uma atenção irrestrita ao outro. Daí a dificuldade de as pessoas com raciocínio rápido efetivamente ouvirem. Sua inteligência em funcionamento, seu hábito de pensar, avaliar, julgar e analisar tudo, interferem como um ruído, na plena recepção daquilo que lhe está sendo falado.

Às vezes, imaginamos ter tanta coisa "interessante" para dizer, nossas idéias são tão originais e atrativas que é um castigo ouvir. Queremos falar. Falando aparecemos. Ouvindo nos omitimos. Só ouvir, acreditamos, dá aos outros uma impressão desfavorável de nossa inteligência. Por isso falamos, mesmo nada tendo a dizer. Porém não é esse o conselho bíblico. É melhor ouvir que falar. "...mas todo homem seja pronto para ouvir, tardio para falar..." (Tg 1.19).

É através dos sentidos que a alma humana comunica-se com o mundo. No ato de ouvir, percebemos e identificamos os sons pelo sentido da audição. Ouvindo atentamente interpretamos e assimilamos o sentido do que percebemos.

Não é de hoje a dificuldade que as pessoas têm de ouvir atentamente o que os outros falam. O próprio Senhor Jesus discorreu sobre o tema quando explicava a seus discípulos a razão de falar-lhes por parábolas. Naquela ocasião, o Mestre usou a seguinte expressão: "Quem tem ouvidos para ouvir, ouça..." (Mt 13.9). Segundo Champlim essa expressão, inclusive usada por Jesus outras vezes, sob diferentes circunstâncias (Mt 11.15; Mc 4.9,23; Ap 2.7,11,17,29; e 3.6,13,22), era um ditado comum entre os judeus, empregado especialmente pelos rabinos.

"O adágio era usado para chamar a atenção sobre a importância do ensino apresentado, o sentido oculto do ensino e a total compreensão do que fica subentendido no ensino. Jesus queria dizer que seus ensinos deveriam ser ouvidos com atenção e diligência, e que por ausência disso, muitos não poderiam compreendê-lo".

Naturalmente que os ouvidos foram feitos para ouvir. Jesus usou o pleonasmo para realçar seus verdadeiros propósitos. Não era suficiente apenas ouvir no sentido de identificar os sons das palavras, era necessário interpretar o sentido delas para praticá-las. Significa: ter ouvidos com capacidade para ouvir e entender os mistérios de Deus. Jesus estava dizendo que, falando por parábolas, nem todos teriam capacidade de ouvir e compreender o pleno sentido de suas palavras. "Ouvindo, não ouvem, nem compreendem" (Mt 13.13). Ouviram com os seus ouvidos os seus ensinamentos, mas permaneceram surdos para as suas implicações. Isto porque a eficiência do aprendizado, através da audição, depende da predisposição da pessoa. Ou seja, a atitude mental de quem ouve é imprescindível.

Deus outorgou ao homem meios para conhecer a personalidade divina, mas o uso desses meios não é obrigatório. Os indivíduos, por sua própria vontade, podem "fechar" seus ouvidos.

Infelizmente, em nossas igrejas, muitos ouvem a pregação da Palavra de Deus apenas para cumprir um protocolo eclesiástico. Conforme o dito popular, as palavras "entram por um ouvido e saem por outro" sem sequer serem compreendidas racionalmente. Que dirá refletidas e interiorizadas pela alma e espírito.

## Conclusão

A emissão, transmissão e recepção do conteúdo didático são componentes da rede de comunicação entre professores e alunos. É necessário enfatizar que da excelente comunicação dependem não só a aprendizagem, mas também a admiração mútua, a cooperação e a criatividade em sala de aula. O professor, que também pretende ser bom comunicador, precisa desenvolver empatia, ou seja, colocar-se no lugar do aluno e, com ele, procurar as melhores respostas para que, ao mesmo tempo que aprende novos conteúdos, desenvolve sua habilidade de pensar.

### *Questões para Reflexão*

*1. Como se processa a comunicação humana?*

*2. Qual a importância da comunicação no processo ensino-aprendizagem?*

*3. Você costuma dar oportunidade aos seus alunos para que expressem suas idéias e opiniões?*

*4. Você cultiva o hábito de ouvir o que os outros têm a dizer?*

*5. Que estratégia você usa para estreitar suas relações com os alunos na sala de aula?*

*6. Você conhece os principais focos de interesse de sua classe? Já experimentou desenvolver suas aulas a partir dos elementos de interesse de seus alunos?*

# 12 Capítulo

# Como Trabalhar com Recursos Didáticos

**Sumário**



## Objetivos do Capítulo

✓ *Relacionar e descrever os principais recursos didáticos aplicáveis ao ensino cristão.*

✓ *Sugerir ao professor princípios orientadores da utilização eficiente dos recursos.*

# Capítulo 12

# Como Trabalhar com Recursos Didáticos

> "A regra de ouro do ensino é que tudo que deve ser aprendido seja apresentado a quantos sentidos seja possível (...) Se o que se quer é levar o discípulo ao domínio do conhecimento verdadeiro e exato, o que se deve é realizar o ensino por meio da intuição e da demonstração sensorial..."
>
> *Johann Amos Comenius*

## Introdução

Que importância têm as ilustrações na concretização da aprendizagem? Onde e como encontrá-las? Em que sentido elas tornam a comunicação em sala de aula mais expressiva?

A ilustração é importante mesmo em uma conversa informal, na qual narramos um fato, descrevemos uma pessoa ou explicamos uma idéia. Se tivéssemos à mão desenhos, gravuras, fotografias, esquemas gráficos ou simplesmente uma folha de papel em que pudéssemos esboçar algo relativo ao assunto, ou escrever palavras referentes ao tema, por certo transmitiríamos melhor nossa mensagem e nosso interlocutor compreenderia melhor o que disséssemos. Daí a importância dos recursos didáticos.

## I. Que são Recursos Didáticos e qual é sua Importância no Processo de Ensino-aprendizagem

Os recursos didáticos são meios indispensáveis para que a aprendizagem se realize. Todo educador sabe que os objetivos não se realizam sem os meios, mas são os objetivos que determinam os meios. Nenhum professor conseguirá empregar adequadamente qualquer recurso didático se seus objetivos em relação a determinada atividade educativa, não estiverem claramente delineados em seu planejamento. Isto quer dizer que nossas metas, na qualidade de professores comprometidos com o ensino, devem ser revistas a cada estágio do trabalho docente.

### 1. Classificação dos recursos

Os recursos didáticos são classificados em humanos e materiais. Os humanos dizem respeito a todas as pessoas envolvidas no ensino. E os materiais, categorizados em visuais, auditivos e audiovisuais, são os meios que facilitam a assimilação da mensagem que se pretende comunicar. É muito difícil distinguir nitidamente os recursos materiais dos humanos, pois os materiais também exigem a presença constante do professor para dar-lhes realidade e animação. Portanto, dependendo da criatividade do professor, os recursos didáticos podem ser considerados ilimitados.

Este capítulo não tem por pretensão esgotar tão vasto tema. Para tratarmos exclusivamente dos recursos didáticos, teríamos de escrever uma obra especializada. Por hora, levando em conta a exigüidade do espaço, apenas listaremos os recursos mais conhecidos e, mais adiante, comentaremos os mais utilizados.

*a) Recursos humanos.*

- A própria voz do professor.
- A participação do aluno.
- Qualquer pessoa que tenha a função de auxiliar o ensino.

*b) Recursos materiais.*

- Quadro de giz.
- Ilustrações sob a forma de desenhos, gravuras, pinturas, fotografias.
- Projeções fixas (retroprojetor, slides).
- Projeções móveis (filmes).
- Objetos ou reálias (uma ampulheta, um castiçal, um documento antigo).
- Espécimes (uma planta característica das terras bíblicas).
- Modelos (cópia ampliada ou reduzida).
- Simulacro (modelo simulado funcional).
- Maqueta (modelo em escala reduzida, de construções humanas: prédios, templos).
- Atlas geográficos, globos, mapas bíblicos.
- Cartazes, murais.
- Álbuns seriados.
- Flanelógrafos.
- TV educativa.
- Gravadores.
- Vídeos K7.
- Microcomputadores.
- Textos de instrução programada.
- Excursões, visitas, entrevistas, museus.

- Dramatizações, fantoches e marionetes.
- Livros, jornais, revistas.
- Grupos de debates, painéis, simpósios.

## 2. Finalidade dos recursos

Os recursos didáticos, principalmente os audiovisuais, estimulam o interesse dos alunos. O professor Donald P. Regier, especialista no assunto, ensina que o olho humano é atraído pelo movimento, brilho e cor. Segundo ele, mesmo o simples ato de ligar um retroprojetor, desperta a atenção involuntária da audiência, porque gera movimento, cor e brilho na frente da sala. Regier enfatiza que o professor experiente capitalizará este movimento propício ao ensino e transformará a atenção involuntária em voluntária. Apropriados materiais visuais capturam e mantêm a atenção.

Outra finalidade dos recursos é desenvolver a atitude criadora do aluno. À medida que o professor oferece informações ao estudante, ele passa a desenvolver ativamente sua imaginação e capacidade de pensar, criar e estabelecer analogias. Quando Jesus ensinava aos seus discípulos algum princípio ou verdade espiritual mais profunda, sempre o fazia por intermédio de parábolas, histórias, referências à natureza, a lugares e a situações do cotidiano. Ele partia do conhecido para o desconhecido, do concreto para o abstrato; daquilo que, para seus discípulos, era realidade e tinha relação direta com suas experiências no mundo material. Os recursos didáticos servem para despertar no aluno a compreensão de sua realidade. O professor deve utilizar os recursos como estímulos ao pensamento do aluno, induzindo-o a estabelecer as relações e implicações daquilo que lhe é mostrado, dito ou demonstrado.

## II. Normas para a Utilização dos Recursos

### 1. Seleção e análise

Antes de começar a aula, selecione e analise cuidadosamente todos os recursos que estiverem à sua disposição, sempre tendo em mente os objetivos a serem alcançados. É, também, necessário que o professor saiba antecipadamente em que momento da aula ele pretende utilizar os recursos escolhidos.

### 2. Ordem de prioridade

O uso dos recursos não pode tornar-se para seus alunos em mera exposição de materiais a ponto de despertar-lhes apenas a curiosidade. Cada recurso deve ter uma finalidade definida, clara e relevante. Eles devem ser disponibilizados em ordem de importância e utilização de acordo com seu plano de aula.

### 3. Apresentação clara, simples e acessível

Os recursos didáticos devem proporcionar aos alunos condições para desenvolver sua capacidade de compreensão, interpretação e aplicação. Jesus costumava extrair suas ilustrações dos elementos da natureza, do cotidiano. Ele utilizava materiais conhecidos entre seus interlocutores. Este método fazia com que o Mestre prendesse a atenção das massas. Suas lições jamais eram esquecidas. Elas influenciavam poderosamente o modo de pensar e agir de todos os que dEle se aproximavam com a intenção de aprender.

## III. Como Utilizar o Quadro-de-giz

Também chamado de quadro-negro, quadro-verde, quadro de escrever ou simplesmente lousa, o quadro-de-giz tem sido, no decorrer do tempo, um excelente recurso didático. Todavia, para usufruirmos de todos os seus variados benefícios é necessário que saibamos utilizá-lo de modo eficiente. Há ciência em sua utilização? Existem técnicas para torná-lo ainda mais eficaz como veículo expositor dos conteúdos de ensino? Como devemos utilizá-lo? Eis algumas sugestões:

### 1. Sua utilização deve ser planejada

Para maior efeito e variedade do recurso, o quadro-de-giz pode ser combinado com outros meios, tais como o retroprojetor ou outros materiais ilustrativos, como cartazes, figuras, álbuns seriados etc. Ao planejar a utilização desse recurso, algumas perguntas devem ser respondidas a fim de orientar o professor na direção de uma apresentação organizada e agradável: O que pretendo colocar no quadro? Figuras? Sumários? Gráficos? Mapas? Desenhos? Que tipo de desenho? Por quanto tempo o desenho permanecerá exposto? Vou precisar de giz de cor, por quê? Qual o estilo e o tamanho das letras? Devo ligar o quadro-de-giz a outros recursos audiovisuais? A classe irá participar da apresentação?

### 2. Como escrever no quadro?

Ao escrever ou desenhar no quadro, não deve o professor fazê-lo em silêncio, mas falar e escrever simultaneamente para fixar melhor os conceitos e facilitar o acompanhamento da classe. O professor jamais deverá dar as costas totalmente para os alunos; deve procurar escrever um pouco de lado, falando e olhando constantemente para a classe.

Há professores que costumam escrever no quadro todo o sumário da matéria. Não recomendamos esta prática. O sumário, a não ser em casos especiais, deve crescer no quadro-de-giz à medida que a aula se desenvolve.

Limpar bem o quadro antes de começar a exposição da matéria é outra dica importante. Às vezes, enquanto o professor está explicando um determinado ponto, os alunos estão completamente desligados, prestando atenção em qualquer coisa que estiver escrita no quadro.

O tamanho e o estilo de letra usada no quadro é outro detalhe que deve o professor preocupar-se. A letra deve ser suficientemente grande e legível para que todos possam entender o que está escrito. O estilo das letras deve ser simples evitando floreios e enfeites.

Saber usar o giz de cor é outra prática que exige a conscientização dos educadores. Não se utiliza o giz de cor simplesmente por aspectos estéticos. Sua utilização deve visar o aspecto funcional.

## 3. Vantagens na utilização do quadro-de-giz

*a) Facilidade em encontrá-lo.*

Tão grande é sua divulgação que alguém já afirmou ser impossível existirem escolas sem alunos, professor e quadro-de-giz.

*b) Facilidade em utilizá-lo.*

Para utilizá-lo não são exigidas habilidades especiais nem equipamentos dispendiosos.

*c) Rapidez.*

Tanto na preparação dos acessórios que irão enriquecer a apresentação quanto no próprio planejamento de sua utilização.

*d) Facilidade na correção e alterações nos assuntos apresentados, não prejudicando em nada o veículo em si.*

*e) Versatilidade.*

Possibilita adequar a apresentação ao nível do público.

*f) Possibilidade de participação efetiva da classe.*

Além de todas essas vantagens, o famoso quadro-de-giz é ótimo veículo para a visualização de idéias.

## IV. Como Utilizar o Flanelógrafo

### 1. O que é flanelógrafo?

Em seu aspecto físico, o flanelógrafo nada mais é que uma superfície rígida, recoberta por flanela ou material semelhante, onde se colocam peças feitas com material aderente ou com outro material leve, tendo na parte posterior, lã, flanela, feltro, veludo ou lixa de madeira.

### 2. Quais as vantagens de sua utilização?

*a) Movimento.*

Ao professor cabe dar o ritmo necessário às peças do flanelógrafo, colocando, retirando, acrescentando, deslizando as figuras, dando um dinamismo à apresentação que, além de despertar a atenção dos alunos mantém seu interesse.

*b) Organização da matéria.*

O flanelógrafo possibilita a apresentação de um assunto por etapas, segundo o planejamento do professor.

*c) Rapidez na apresentação.*

Permite a apresentação de maneira instantânea e dramática, favorecendo os processos de ensino dinâmico.

*d) Concretização.*

Um dos principais objetivos do flanelógrafo e o de favorecer conceituações mais próximas da realidade.

*e) Flexibilidade.*

O mesmo material pode ser usado em diferentes níveis e disciplinas variando apenas a explicação oral e o ritmo da apresentação. Serve tanto para incentivar a aprendizagem quanto para a apresentação de um novo assunto: sistematizar, fixar ou verificar a aprendizagem.

## V. Como Utilizar o Álbum Seriado

### 1. O que é álbum seriado?

O álbum seriado consiste de uma coleção de folhas organizadas, em uma encadernação de madeira ou papelão. Pode conter fotografias, mapas, gráficos, organogramas, cartazes, letreiros ou qualquer outra forma de representação simbólica, que possa ser útil ao professor, na exposição de um tema. Suas dimensões e proporções devem ser tomadas de maneira que se torne perfeitamente visível a todo o público assistente.

### 2. Quais as vantagens de sua utilização?

*a) Orienta a exposição.*

É uma material que dá a sucessão progressiva de páginas cujas relação de interdependência orienta e condiciona o rumo a ser dado pelo expositor no desenrolar da explanação.

*b) Evita a dispersão.*

Ajuda, portanto, a apresentar a aula de maneira mais organizada, orientada e dirigida, sem propiciar dispersão ou confusão.

*c) Produz expectativa.*

Dá maior expectativa aos alunos e para oferecer maior "suspense", deve-se permitir, sempre que possível, algo reticente em relação à folha seguinte.

*d) Cativa a atenção do aluno.*

Mantém a atenção dos alunos voltada para o tópico que está sendo desenvolvido no momento. Fixa os pontos essenciais, auxiliando o educando a acompanhar o raciocínio do expositor.

*e) Oferece o máximo de síntese e concisão, aliadas à grande clareza e simplicidade.*

*f) Visualiza melhor as idéias utilizando-se de vários materiais: ilustração, fotografias, desenhos.*

*g) Dá margem a diversas utilizações: é fonte de pesquisa, auxilia a exposição de um assunto, é excelente material de verificação e pode servir de motivação para um novo assunto.*

## VI. Como Preparar Ilustrações por meio de Cartazes, Gravuras, Desenhos...

"Então o Senhor me respondeu, e disse: Escreve a visão e torna bem legível sobre tábuas, para que a possa ler quem passa correndo" *(Hc 2.2)*.

Cartazes, fotografias e gravuras de modo geral são recursos de comunicação de massa normalmente utilizados para transmitir mensagens de cunho comercial, político, religioso e de utilidade pública. No âmbito educacional esses recursos também têm sido utilizados com o objetivo de informar e motivar os alunos à aprendizagem. A fim de que esses recursos, que normalmente são elaborados pelos próprios professores sejam eficazes, cumprindo integralmente sua finalidade, alguns detalhes devem ser observados. Por exemplo: Não basta saber que a mensagem de um cartaz é composta de elementos como texto e imagem. É preciso saber como equilibrar e arrumar esses elementos de modo que a mensagem seja plenamente comunicada. Como conseguir isso? Vejamos:

## 1. Disposição dos elementos

Ao confeccionar um cartaz ou preparar uma apresentação por meio de gravuras, quadros comparativos, diagramas, fotografias e outros recursos visuais escritos, o professor deverá observar se na composição dos elementos desses recursos encontram-se as seguintes características:

*a) Harmonia.*

Os elementos como desenhos, gravuras, fotos... devem ser distribuídos de modo a "irem juntos", ou seja, no mesmo sentido. Imaginem o efeito de uma apresentação de caminhões de carga pesada, descrita com um tipo de letra muito delicado, flutuante, em tons de azul pastel e, por outro lado, o efeito de um visual sobre o desenvolvimento das borboletas com um tipo pesado e cores frias.

*b) Unidade.*

Todos os elementos devem estar em concordância entre si, como se pertencessem à mesma família e todos devem ter importância na transmissão da mensagem.

*c) Ritmo.*

É o movimento visual planejado. Um sentimento de vida é conseguido através do ritmo. Em *layout*, é necessário captar a atenção do público e mantê-la até que seja lido todo o material apresentado. Todos os elementos devem adicionar algo ou aclarar a idéia principal. É necessário, portanto, dirigir o olhar através da apresentação gráfica para que os elementos sejam vistos em sua seqüência lógica.

Artifícios como setas, mão com dedo apontando, são muito populares e constituem rápido recurso para dirigir o olhar para os fatos importantes.

A posição das figuras também é muito importante, pois elas devem estar sempre voltadas para o centro do visual, dirigindo o olhar do público para a mensagem. Se as figuras estiverem voltadas para as margens ou saindo do visual – a nossa tendência é a de acompanhar com o olhar o movimento das mesmas.

*d) Foco.*

Não espere que o público procure, através do desenho, sua mensagem. Devemos dirigir seu olhar para o ponto principal. A importância das informações é, geralmente, indicada pelo tamanho, posição, cor e forma. A maior forma chama mais atenção.

Entre muitas formas de peso e tamanho iguais, podemos destacar uma delas se a colocarmos em posição ligeiramente diferente das demais. Uma cor diferente ressalta junto a cores iguais. Uma forma diferente, junto às outras iguais, chama mais atenção para si.

*e) Balanço ou equilíbrio.*

Uma forma com tamanho maior deve ser colocada próximo do centro, e a menor, mais afastada.

*f) Simplicidade.*

É a eliminação de tudo o que não é essencial. Cada elemento do *layout* deve ser realmente importante. Espaços livres são necessários para o repouso da vista e valorização dos elementos. Muitos elementos em um *layout*, geralmente dispersam, em lugar de focalizar a atenção.

## Conclusão

Quero terminar este capítulo citando o que nos recomendou Comenius em sua Didática Magna ao justificar a necessidade do uso de recursos audiovisuais na educação infantil: "Exercitem-se primeiro os sentidos das crianças (o que é muito fácil), depois a memória, a seguir a inteligência, e por fim o juízo. Todos esses exercícios devem ser feitos um após outro, gradualmente, pois o saber começa a partir dos sentidos, e, através da imaginação passa para a memória, e depois, pela indução a partir das coisas singulares, chega à inteligência das coisas universais, e finalmente, acerca das coisas bem entendidas, emite o juízo, o que permite chegar à certeza da ciência".

## Questões para Reflexão

*1. Quais são os recursos didáticos audiovisuais mais utilizados em sua classe? Você costuma organizá-los antes de começar a aula? Sabe exatamente em que momento irá utilizá-los?*

*2. Você tem consciência da finalidade de cada recurso que utiliza?*

*3. Qual a importância de se planejar a utilização do quadro-de-giz? Você já havia pensado nisso antes?*

*4. Quando você elabora um cartaz com a finalidade de ilustrar uma aula, costuma dar importância ao layout? Verifica se há harmonia e equilíbrio em todos os elementos da ilustração?*

# 13 Capítulo

# Como Usufruir os Recursos das Lições Bíblicas do Mestre

<u>Sumário</u>

Introdução

I. O que são as Lições Bíblicas do Mestre
II. Qual a finalidade de cada seção

Conclusão
Questões para Reflexão

## Objetivos do Capítulo

✓ *Conscientizar o leitor acerca da importância da LBM como ferramenta e recurso complementar das Lições Bíblicas.*

✓ *Sugerir meios de melhor aproveitar os auxílios disponíveis nas Lições Bíblicas do Mestre.*

# Capítulo 13

# Como Usufruir os Recursos das Lições Bíblicas do Mestre

"Para alcançar grandes conquistas, não devemos apenas agir – temos também que sonhar. Não basta apenas planejar – temos que acreditar."

*Anatole France*

## Introdução

Ao longo dos últimos quatro anos tenho conversado com professores de escolas dominicais de diversas cidades brasileiras. Dos mais distantes rincões aos grandes centros urbanos, independente da classe em que lecionam, as questões e necessidades desses abnegados mestres são sempre as mesmas: "O que fazer para tornar minhas aulas mais interessantes e participativas?" "Onde posso conseguir mais subsídios para enriquecer as lições?" "Como posso produzir meus próprios recursos didáticos, uma vez que minha igreja não reúne condições para adquiri-los?" Enfim, todas essas interrogações legitimam a necessidade que esses promotores do ensino cristão têm de receber orientações pedagógicas e didáticas para melhor desempenharem suas responsabilidades professorais.

Pela graça de Deus tenho atendido a diversos convites, especialmente no Rio de Janeiro onde trabalho e resido, para falar sobre educação cristã e temas relacionados ao crescimento, desenvolvimento e melhoria da Escola Dominical. Nestas ocasiões, nunca perco a oportunidade de observar o desempenho, o funcionamento, a criatividade e, naturalmente, as dificuldades que essas escolas enfrentam. Por incrível que pareça, o que realmente me chama a atenção, levando em conta as condições precárias de certas regiões, não é a ausência dos auxílios humanos e técnicos, mas a inadequação do uso e até mesmo a nulificação de tais recursos. Ou seja, certas igrejas, a despeito de disporem de variados meios educacionais, não sabem como utilizá-los a favor do magistério cristão ou, o que é pior, em alguns casos sequer percebem a existência deles. É exatamente isto (não genericamente, é claro) o que acontece com a revista "Lições Bíblicas do Mestre", editada pela CPAD como suplemento para o professor.

## I. O que são as Lições Bíblicas do Mestre

As Lições Bíblicas do Mestre são publicadas e distribuídas simultaneamente com as Lições Bíblicas do Aluno. Trata-se de uma edição trimestral que tem por principal função auxiliar o professor em sua prática docente.

Além de conter, na íntegra, o texto da revista do aluno, a LBM traz em seu bojo dez seções complementares, que são: Hinos Sugeridos, Ponto de Contato, Objetivos, Síntese Textual, Orientação Didática, Auxílios Suplementares, Glossário, Bibliografia Sugerida, Ajuda Adicional e Resposta do Questionário.

Infelizmente, muitos mestres não usufruem os recursos disponíveis na LBM. Alguns, simplesmente por ignorarem tais recursos; outros, por mera rejeição a situações novas. Nosso propósito neste capítulo é destacar a utilidade de cada seção, apontando sua finalidade como importante suplemento didático.

Afinal de contas, quais são os objetivos desta indispensável ferramenta? O que pode ela nos acrescentar? Vejamos:

## II. Qual a Finalidade de Cada Seção

Cada seção possui um propósito específico visando a integração e concretização do currículo.

### 1. Hinos Sugeridos

Esta seção tem por objetivo auxiliar o superintendente ou dirigente da Escola Dominical na escolha dos hinos da Harpa Cristã, que serão entoados no período que antecede a leitura bíblica em classe. Para cada aula são sugeridos dois ou três hinos ligados diretamente ao tema das lições bíblicas.

Não é só o superintendente que deve se beneficiar desta seção. Um professor atento poderá valer-se das letras dos hinos para introduzir, ilustrar ou concluir suas aulas. Por exemplo:

Se o comentário da lição é sobre a Doutrina de Deus (Seu nome, seu amor, sua exaltação, seus atributos eternos etc.), os "hinos sugeridos" poderão ser os de números 396, 526 e 527, que falam especificamente sobre esse tema. A partir das letras desses hinos, o professor poderá desenvolver alguma dinâmica de grupo ou, quem sabe, elaborar perguntas a respeito da Pessoa, das obras e dos atributos de Deus, por exemplo.

### 2. Ponto de contato

Esta seção, como o próprio nome sugere, tem como um dos principais objetivos orientar o professor sobre como estabelecer os primeiros contatos com a classe. Há mestres que já entram na sala de aula "despejando" o conteúdo de suas disciplinas sobre os alunos sem demonstrar-lhes interesse pelo que são, representam e, são capazes de fazer. O ideal é que, antes do início da aula, o professor dialogue com seus alunos, abordando assuntos do interesse deles. É óbvio que o tempo gasto com estas "conversas informais" não deve ser superior a 5% do tempo reservado à lição propriamente dita. Este procedimento, denominado "quebra-gelo", é extremamente importante para se estabelecer uma relação de confiança e reforçar os laços de amizade e fraternidade entre professores e alunos. Eis algumas perguntas que facilitam os primeiros contatos:

– Como foi sua semana?
– Ouviram aquela reportagem...? Leram aquele livro...?
– O que vocês acharam da pregação de Domingo passado?
– Alguém gostaria de contar uma bênção?

Dentre outros objetivos desta seção, podemos destacar os seguintes:

- Fornecer ao professor uma visão panorâmica da lição sem a preocupação de determinar os elementos essenciais do tema.

*Exemplo:* "A partir deste Domingo, passaremos a conhecer melhor um dos mais enérgicos profetas do Antigo Testamento. Trata-se de Malaquias. Ele foi chamado a profetizar num momento bastante difícil da história do povo de Deus no Antigo Testamento. Entretanto, sua mensagem continua tão atual quanto há 2.500 anos. Oremos, pois, ao Senhor Jesus a fim de que nos ajude a ministrar esta série de lições. Todos temos muito a aprender com o profeta Malaquias". (LBM–3° trimestre de 1999)

- Incentivar o professor a interagir com seus alunos.

*Exemplo:* "Professor, procure manter um clima de oração, devoção e autêntica espiritualidade. Evite a dispersão provocada por assuntos desconexos. Afinal, avivamento sugere concentração, reflexão e busca contínua dos interesses e vontade do Senhor.

Inicie a aula fazendo as seguintes reflexões com seus alunos: Em que sentido a igreja na atualidade precisa ser renovada? Que semelhança há entre ela e o povo de Israel no passado?" (LBM– 1° trimestre de 2000)

- Incentivar o professor a avaliar seu trabalho.

*Exemplo:* "Seus objetivos estão sendo alcançados? Seus alunos estão tendo uma compreensão clara sobre os ensinamentos de Malaquias? Você tem notado alguma mudança substancial no comportamento e atitudes deles? Talvez este seja o momento de avaliação. Faça um ligeiro retrospecto das lições anteriores." (LBM – 3° trimestre de 1999)

- Orientar o professor a fim de que ele conduza seus alunos à reflexão do tema proposto.

*Exemplo:* "Nesta lição, você terá oportunidade de conduzir seus alunos a refletirem sobre o posicionamento de Deus a respeito das injustiças sociais na relação entre ricos e pobres. As riquezas conquistadas honestamente não são condenadas. Porém, as acumuladas iníqua e injustamente, com base na exploração e opressão do pobre, são severamente repudiadas por Deus". (LBM– 1° trimestre de 1999)

- Sugerir idéias quanto ao início e desenvolvimento da lição.

*Exemplo:* "Faça a seguinte pergunta a seus alunos: O crente é justificado pela fé ou pelas obras? Espere as respostas. Não responda ainda. Promova um debate. Após debaterem, compare suas respostas com os ensinos de Romanos e Tiago. Conduza-os a uma conclusão dissipando as aparentes controvérsias. Agora mostre-lhes a importância das obras na evidência do processo de justificação perante os homens. Incentive-os a praticarem boas ações, pois elas representam o lado visível da justificação que é operada no crente pela fé". (LBM– 1° trimestre de 1999)

- Orientar e aconselhar os professores.

*Exemplo:* "Seus alunos assistem às aulas com real interesse? Ou, simplesmente freqüentam a Escola Dominical? Será que estão motivados? O professor é um líder e, como tal, deve influenciar positivamente seus alunos. O sucesso ou fracasso do professor depende exclusivamente de os alunos estarem ou não motivados. Procure estar atento às dificuldades deles em compreender as lições. Respeite as diferenças individuais pois seu principal objetivo é que todos aprendam". (LBM–1° trimestre de 1999)

## 3. Objetivos

Você já observou como são redigidos os objetivos da LBM? Notou que são formulados operacionalmente? Sim! As metas de cada lição são formuladas de modo que o professor saiba exatamente o que esperar de seus alunos em termos de ação e desempenho. Entretanto, o professor cuidadoso deverá analisá-las a fim de verificar se tais metas estão de acordo com as necessidades de sua classe e Escola Dominical. Caso não estejam, deverá o mestre substituí-las por outras mais realistas.

Como fazer isso? Primeiro divida a lição em três partes. Depois, observe o que realmente é importante em cada parte extraindo delas suas respectivas metas.

Faça a si mesmo a seguinte pergunta: O que meus alunos deverão fazer, ou de que maneira deverão agir, após assistirem minhas aulas? Por fim, escreva em seu plano de aula: Ao terminar esta aula, meus alunos serão capazes de: Enumerar, identificar, classificar, construir, contrastar, comparar etc.

## 4. Síntese Textual

A principal função da "Síntese Textual" é fornecer ao professor um resumo, ou seja, um "supra-sumo" da lição. O intuito é fazer com que o mestre tenha condições de recordar a essência da matéria mediante uma rápida leitura. Como exercício, o professor deve refazer a síntese todas as vezes que, por meio de suas próprias pesquisas, enriquecer a lição com novos conteúdos. O trabalho de resumir, sem dúvida alguma, ajuda a captação, a análise, o relacionamento, a fixação e a integração daquilo que estamos estudando.

A importância da síntese também está no fato de que nela o mestre encontra a idéia principal do texto, isto é, o sentido completo do pensamento do autor. Qualquer unidade de leitura, quer seja um simples parágrafo, um capítulo de um livro ou o comentário de uma lição, tem sempre um conceito ou até mesmo uma palavra que é sua idéia principal. Captar a idéia que dá diretriz ao texto, não é tarefa fácil; requer treino e exercício. A síntese textual, apresentada na LBM, coopera eficazmente com o professor nesse sentido. Normalmente ela está baseada em três fontes:

na idéia central do tema, na estrutura geral do comentário ou no texto bíblico base.

*Exemplo 1:*

**Tema:**
Cristo, o resplendor da glória de Deus.
**Leitura bíblica:**
Hb 1.1-6.
**Texto Áureo:**
"O qual, sendo o resplendor da sua glória, e a expressa imagem da sua pessoa, e sustentando todas as coisas pela palavra do seus poder, havendo feito por si mesmo a purificação dos nossos pecados, assentou-se à destra da Majestade, nas alturas" (Hb 1.3).
**Fonte para a elaboração da síntese:**
Idéia central do tema.
**Síntese Textual:**
"A Epístola aos Hebreus compara Jesus Cristo com o Antigo Pacto, e o apresenta como o cumprimento de todas as promessas messiânicas. Tal comparação, visa demonstrar a superioridade de Cristo sobre tudo quanto o Antigo Testamento tem a oferecer. O tema que percorre a carta do princípio ao fim é: "Jesus Cristo é superior a ..." Ele é superior aos anjos, aos profetas, ao sacerdócio levítico e etc. É descrito como o Criador de todas as coisas, resplendor da glória e imagem de Deus; aquele que tudo sustém com seu poder, que nos purificou de todo o pecado e está assentado à destra de Deus". (LBM– 3° trimestre de 2001)

*Exemplo 2:*

**Tema:**

O padrão da dependência divina.

**Leitura bíblica:**

Mt 7.7-12.

**Texto Áureo:**

"Porque aquele que pede recebe; e o que busca encontra; e, ao que bate, se abre" (Mt 7.8).

**Fonte para a elaboração da síntese:**

Texto bíblico base.

**Síntese Textual:**

"Jesus mostra aos seus ouvintes a estratégia de como depender de Deus: pedir, buscar e bater. Estas três formas demonstram como o cristão deve agir em relação às suas necessidades. Diferente dos padrões de dependência humanos (o homem, ao chegar à idade madura, vai buscar sua dependência longe dos pais), o cristão, quanto mais amadurece em sua vida espiritual, mais dependente se torna de Deus. O propósito dessa submissão não é inibir ou anular o crente, mas criar laços mais fortes para aproximá-lo do seu Criador; ensiná-lo a ver de perto a bondade do Altíssimo e reconhecer a paternidade de Deus". (LBM–2° trimestre de 2001)

## 5. Orientação Didática

A Orientação Didática visa subsidiar o professor com "idéias" sobre o que fazer a fim de dinamizar suas aulas. As orientações podem ser genéricas com o intuito de informar ou atualizar o professor: "O que é método? " "O que é planejamento?" "Quando e como avaliar?" "Como incentivar o aluno?" "Como melhor utilizar o quadro-de-giz?" "Como manter o aluno atento?" ou específicas, direcionadas, com a finalidade de aplicar o conteúdo da lição: "Faça isto... faça aquilo...", "Leve para a sala de aula...", "Discuta com seus alunos...", "Divida a turma em grupos...", "Utilize o quadro-de-giz", "De acordo com o texto, faça o seguinte exercício...", "Conforme o esquema abaixo, desenvolva as seguintes atividades...", e assim por diante.

## 6. Auxílios Suplementares

Os auxílios suplementares, além de oferecerem informações adicionais sobre o assunto da lição, indicam as fontes, onde o professor, caso queira aprofundar suas pesquisas, encontrará mais subsídios.

Os auxílios são classificados em: Subsídios bibliológicos, doutrinários, teológicos, históricos, geográficos, biográficos etc.

## 7. Glossário

O que é? Qual a sua função? Glossário é um termo de origem grega *glossa,* que significa língua, linguagem. Ele se apresenta em ordem alfabética e tem por objetivo elucidar o sentido das palavras e frases obscuras, difíceis, ou pouco usadas. Na LBM são destacados os vocábulos que não estão ao alcance da maioria dos alunos.

Naturalmente, em função do pouco espaço, nem todas as palavras desconhecidas são arroladas no glossário. É necessário que o professor localize no texto da revista do aluno outras expressões e busque seus significados. Nem sempre os dicionários seculares atendem a contento. Às vezes, para se obter uma definição mais apurada, é preciso recorrer a um dicionário bíblico-teológico.

## 8. Bibliografia Sugerida

Certos temas mais complexos, em razão do pouco espaço reservado ao comentário, são desenvolvidos superficialmente ou de modo introdutório. Levando em conta que os alunos sempre cobram algo além do conteúdo proposto pela lição, os professores devem recorrer a outras fontes a fim de aprofundar seus conhecimentos a respeito do tema de estudo.

Esta seção tem por objetivo incentivar o professor a ampliar suas pesquisas e auxiliá-lo com a indicação de obras correlatas. Em cada lição é disponibilizada aos professores uma relação de livros visando a preparação de suas aulas.

## 9. Ajuda Adicional

Este auxílio tem por finalidade esclarecer o sentido de alguma palavra ou expressão de cunho teológico ou doutrinário. Trata-se de palavras que, embora relevantes no contexto geral da lição, não foram explicadas no corpo do texto. Esta seção sempre vem destacada em forma de "box", próximo à palavra ou frase que carecer de definição pormenorizada.

## 10. Resposta do Questionário

O questionário das Lições Bíblicas é formado de perguntas objetivas, portanto, muito fácil de ser respondido. Suas respostas estão explícitas no texto da lição. O professor não deve contentar-se apenas com as cinco perguntas nele encontradas. O ideal é que se elaborem outros tipos de exercícios, conforme os sugeridos no capítulo dez deste livro.

## Conclusão

As Lições Bíblicas do Mestre cumprirão integralmente seu papel à medida que conseguirem despertar nos professores o desejo de melhorarem seu desempenho em sala de aula. Os auxílios disponíveis neste relevante instrumento pedagógico de modo algum substituem o esforço dos professores na pesquisa e desenvolvimento de seus próprios planos de aula. A LBM não é um fim em si mesma, mais um meio pelo qual o mestre aplicado recebe incentivos a fim de enriquecer seus conhecimentos e dinamizar seu ensino para exaltação e glória do Reino de Deus.

## Questões para Reflexão

1. *Você sabe quantos e quais recursos didáticos dispõe sua igreja?*

2. *Você sabe usar os recursos educacionais disponíveis em sua igreja de maneira adequada?*

3. *Quais são os recursos apresentados pela LBM? Quais você mais utiliza?*

4. *Qual a finalidade da formulação de objetivos operacionais no ensino cristão?*

5. *Você costuma refazer a Síntese Textual quando amplia o conteúdo da lição mediante suas pesquisas?*

# BIBLIOGRAFIA

AYRES, Antonio Tadeu, *Como Tornar o Ensino Eficaz*, CPAD, Rio de Janeiro, RJ, 1994

BORDENAVE, Juan Díaz & PEREIRA, Adair Martins, *Estratégias de Ensino-Aprendizagem*, 17ª ed., Vozes, Petrópolis, RJ, 1997

CARVALHO, Irene Mello, *O Processo Didático*, Fundação Getúlio Vargas, Rio de Janeiro, RJ, 1972

FORD, Leroy, *Ensino Dinâmico e Criativo*, 2ª ed., JUERP, Rio de Janeiro, 1978

GALIANO, A.G, *O Método Científico - Teoria e Prática*, Harbra, São Paulo, SP, 1979

GANGEL, Kenneth O., & HENDRICKS, Howard, G., *Manual de Ensino – para o educador cristão*, CPAD, Rio de Janeiro, RJ, 1999

GARCIA, Othon M., *Comunicação em Prosa Moderna,* 10ª ed., Fundação Getúlio Vargas, Rio de Janeiro, RJ, 1982

GILBERTO, Antonio, *Manual da Escola Dominical,* CPAD, Rio de Janeiro, RJ, 1999

GONÇALVES, Romanda, *Didática Geral,* 12ª ed., Livraria Freitas Bastos, Rio de Janeiro, RJ, 1982

GREGORY, John Milton, *As Sete Leis do Ensino,* 3ª ed., JUERP, Rio de Janeiro, RJ, 1977

GRISI, Rafael, *Didática Mínima,* 6ª ed., Companhia Editora Nacional, São Paulo, SP, 1967

LEMBO, John M., *Porque Falham os Professores,* Editora Pedagógica e Universitária, São Paulo, SP, 1975

MATTOS, Luiz Alves de, *Sumário de Didática Geral,* 16ª ed., Aurora, Rio de Janeiro, RJ, 1963

NÉRICE, Imídeo G., *Educação e Maturidade,* Atlas, São Paulo, RJ, 1973

PARRA, Nélio, *Metodologia dos Recursos Audiovisuais,* Saraiva, São Paulo, SP, 1973

PENTEADO, J.R. Whitaker, *A Técnica da Comunicação Humana,* 8ª ed., Pioneira, São Paulo, SP, 1982

PRICE, J.M, *A Pedagogia de Jesus,* 3ª ed., JUERP, Rio de Janeiro, RJ, 1980

SILVA, Hildo Barcelos, *Didática para a Escola Dominical,* Casa Editora Presbiteriana, São Paulo, SP, 1986

TURRA, Clódia Maria Godoy & Outros, *Planejamento de Ensino e Avaliação,* 9ª ed., PUC-EMMA, Porto Alegre, RS, 1975

WELCH, Norvel, *Melhor Ensino Bíblico para Adultos,* JUERP, Rio de Janeiro, RJ, 1982

ZÓBOLI, Graziella, *Práticas de Ensino – Subsídios para a atividade docente,* 3ª ed., Ática, São Paulo, SP, 1991